Irene DLF

Primera edición: Abril, 2026

ISBN: 978-84-09-84544-6
Depósito legal: VG-183-2026

Diseño y maquetación: Irene DLF
Ilustración y diseño de cubierta: Naian Mariana Colorado

Publicado de forma independiente a través de Amazon Kindle Direct Publishing.

Creado en España.

Superar no es olvidar,
es recordar y recordarte.

Una vez alguien me dijo: «Para ser
feliz solo hay que reír, bailar y cantar».

Pase lo que pase, sigue sonriendo.
L.R.

A mi abuela Pili, que a pesar de todo nunca ha dejado de sonreír.

PLAYLIST

Nice To Meet You .... Myles Smith.
Flowers Need Rain .... Preston Pablo, Banx & Ranx.
ALL MY LOVE .... Coldplay.
Whisper .... Myles Smith.
My Home .... Myles Smith.
Save You a Seat .... Alex Warren.
Chasing Shadows .... Alex Warren.
Die With A Smile .... Bruno Mars, Lady Gaga.
Smile .... Johnny Stimson.
In The Stars .... Benson Boone.
Death Wish Love .... Benson Boone.
How Do I Say Goodbye .... Dean Lewis.
Fall Into Me .... Forest Blakk.
You Were Mine .... Forest Blakk.

PARTE I

Flores que crecen entre humedad

He vuelto

1 de febrero de 2026 — 23:47

He vuelto. Ni siquiera tengo claro el porqué. Simplemente… lo echaba de menos.
Las palabras son lo más valioso del ser humano: pueden cambiarlo todo, y me encanta.

CAPÍTULO 1

La chica de los lirios

Ámsterdam comenzaba a envolverse de humedad, esa que acostumbraba a cubrir el cielo de la ciudad recién entrado el mes de febrero. Las calles, aun así, yacían repletas de transeúntes. De un lado para el otro. Sin parar.

Las pequeñas flores silvestres crecían entre los adoquines, negros como el corazón de los pensamientos, esas florecillas tan curiosas que tanto me gustaban.

La cristalera se cubría de gotas, mas, al contrario que disgustarme, sonreía, como tantas veces solía hacer. A diferencia de lo que la mayoría solía creer, adoraba la lluvia y ese vestido de lunares que rodeaba cada una de las hojas; aunque no duraba demasiado, pues las gotas se escurrían en cuestión de segundos.

Inmóvil, con un moño que dejaba bastante que desear, el delantal de trabajo y una sonrisa de oreja a oreja, disfrutaba contemplando las primeras luces del día desde mi pequeño refugio.

Olía a naturaleza, a flores, a tierra húmeda e incluso al tan característico aroma de la lluvia. Cada pétalo dejaba su rastro, como una pequeña firma que lo identificaba entre los miles que llenaban la acogedora floristería familiar. Y yo, por supuesto, sabía reconocerlos todos con una facilidad digna de años de experiencia.

Había nacido entre la suavidad de los lirios, tal y como mi propio nombre indicaba. Mi piel con unas curiosas manchas que mostraban esa falta de pigmento. Mi pelo castaño como el otoño, aunque destacaba ese mechón blanco justo en el frente, que ahora, a mis dieciocho años, mostraba con orgullo.

Me agradaba saber que mi nombre estaba ya en boca de la mayor parte de la población de la zona. A menudo me repetían que mi sonrisa dejaba huella, y eso era algo que me esforzaba por mantener. Mis manos acariciaban los tallos con tanto esmero que cualquiera podría pensar que se trataban de cristal; y mi piel pálida me permitía compararme con esa fragilidad que también podía intuirse en las flores. Toda yo estaba hecha de flores, y las flores compartían un pedacito de su alma conmigo.

Recién entrado el lunes, la primera clienta hizo sonar la campanilla de la puerta. Dejé el montón de rosas a un lado y me coloqué tras el mostrador, exhibiendo mi mejor sonrisa ante una mujer que ya había visto otras veces. Cuando esta me pidió un ramo de girasoles, mi corazón se llenó de vida y mi mente comenzó a trabajar a toda velocidad. A medida que recortaba los tallos e iba juntando cada flor, para dar forma al ramo, repasaba cada uno de mis conocimientos mentalmente, como si temiera olvidarlos, aunque fuese imposible.

Los girasoles, con esas tonalidades amarillas y un corazón enorme, se asociaban a la lealtad, la constancia y una fidelidad eterna, pues siempre se orientaban de cara al sol. Eso me hacía pensar que se guiaban por esa energía tan positiva como efímera, abstracta pero cargada de vitalidad.

Un ramo de girasoles era sinónimo de apoyo incondicional, un granito de confianza tan ligero como una pipa, colocada, naturalmente, de forma ordenada.

Por eso, envolvía el ramo con especial cuidado, y siempre con esa sonrisa que, de alguna forma, se transmitía en el alma de cada flor.

Porque si de algo estaba segura era, precisamente, de que cada una de ellas tenía alma.

La mía estaba llena de lirios, del olor de las rosas recién cortadas y la delicadeza de los jarrones que adornaban la floristería. Desde que había llegado a este mundo, pasaban por mis manos los regalos que abrazarían el corazón de todo aquel que recibiese un ramo *Bloemen*.

Había crecido entre el aroma de la lavanda, el vivo color de los tulipanes, la suavidad de las orquídeas y todas y cada una de las malvas que se abrían para recibir el día.

En Bloemen no se vendían flores, se ofrecían sueños.

Y con esa idea clara en mi cabeza, observé marcharse a la mujer con su adornado ramo de girasoles, cubriéndolo con el paraguas para asegurarse de que nada le ocurría.

La puerta se abrió de nuevo un par de minutos después, dejando que la brisa fresca interrumpiera la calidez del interior. Como cada semana, la señora Elin encargaba su ramo de fresias, y me alegré mucho de verla por aquí. A la anciana cada vez le pesaban más los años, hacía unos meses que había comenzado a usar un bastón y por eso caminaba con la espalda ligeramente encorvada. Su abrigo de piel le rozaba las pantorrillas y llevaba los zapatos cubiertos de humedad. El pelo grisáceo ya apenas le crecía y su cuero cabelludo se vislumbraba por entre las múltiples calvas. Aún así, a pesar de los varios problemas de salud que arrastraba, la mujer nunca faltaba a su encuentro semanal. Por eso yo la apreciaba tanto.

Al tiempo en que la anciana me ponía al día de los últimos acontecimientos, yo ordenaba cada rama, intercalándola con verdes frescos. Además, adoraba buscarle un significado a cada una de mis ventas. En este caso, Elin recibía cada lunes estas flores de colores vivos, augurando un buen comienzo y energía positiva para el resto de sus días. Como si el hecho de comprar ese montón de flores consiguiese superar cualquier desgracia que estuviera por llegar.

Una vez se lo entregué, decorándolo con un pequeño lazo rosa, se lo acercó a la nariz y se dejó envolver por el aroma dulce tan familiar.

—Nos vemos, Lelie. —Me dedicó una sonrisa, mostrando sus dientes amarillentos, producto de la edad, y marcando las arrugas de los pómulos. Sus ojos, oscuros como el corazón de la flor de gerbera, me perdieron de vista en cuanto salió por la puerta.

Enseguida retomé mi tarea, cortando con esmero las espinas del montón de rosas azules que los Bakker llevarían en su boda. Habían sido tintadas con una delicadeza admirable y la pareja había decidido que protagonizarían el día más importante de su vida. Quizás fue por eso por que luchaba con el temblor de mis dedos, intentando evadirme de la presión que suponía cada uno de mis movimientos. Entretanto, mi padre, que solía encargarse de mantener el orden en medio de ese caos natural, regresó a la trastienda a hacer el recuento del pedido reciente.

Sumida en una concentración total y tarareando el estribillo de «*Die With A Smile*», que sonaba en la vieja radio a mi espalda, me interrumpió el tintineo de la campana y el ajetreo del tráfico que percibí al abrirse la puerta. Levanté la mirada, dispuesta a recibir a un nuevo cliente. Sin embargo, me detuve a observar al chico que ahora repasaba cada rincón, con una pequeña sonrisa cargada de nostalgia, así como los nomeolvides que crecían con humedad.

Me mantuve inmóvil mientras, sin saber por qué, lo analizaba al completo. Sin dar un paso todavía, se peleó durante unos segundos con el paraguas hasta conseguir cerrarlo. Sonreí con diversión, observándolo, y limpié el mostrador con rapidez. Se acercó sin decir nada, aunque me alegró comprobar que su sonrisa iba creciendo, como si estar rodeado de este jardín ficticio ensanchara su alma, así como lo hacía la mía.

—Bienvenido a Bloemen —comencé, sintiendo una necesidad extraña por romper el hielo. Me acomodé tras las orejas los mechones despeinados y volví a analizarlo. Su pelo parecía haber absorbido parte de la humedad del ambiente y un gran puñado de gotas reposaba sobre sus mechones castaños.

El chico, por el contrario, no respondió. Se limitó a observarme, con unos ojos verdes como las hojas de las campanas de Irlanda. Echó otra visual a su alrededor, como si estuviese decidiendo, y el silencio se volvió denso antes de que decidiera corresponderme la mirada otra vez.

—Quería... —empezó, aunque pareció dudar. Entonces se fijó en mis manos enguantadas y en los pétalos esparcidos por el mostrador, que todavía no había terminado de recoger. Los analizó y la nostalgia volvió a cubrir su mirada— un tulipán loro.

Mis cejas se arquearon casi al instante. Lo analicé, intentando descifrar si hablaba en serio. Por su apariencia, no parecía alguien que supiera mucho de flores; sin embargo, nunca antes me habían preguntado por ese ejemplar.

—¿Un tulipán... loro? —repetí, con inevitable sorpresa. Me deshice de los guantes, mientras tanto.

El joven asintió, muy seguro de su petición. Al momento, la duda cruzó su semblante y clavó la mirada en mi padre, que apareció justo detrás de mí. Ambos nos miramos, indecisos, hasta que el chico volvió a pronunciarse:

—Había oído que en esta floristería podría... —fue disminuyendo el tono hasta volverse inaudible.

Mi vello se erizó ante la tristeza que me transmitió y me vi en la obligación de intervenir:

—¿Para cuándo lo necesitas? —Me mordisqueé el interior de las mejillas, con miedo a la decepción. No estaba acostumbrada a dejar a los clientes con las manos vacías y no sabía dónde podría encontrar la especie que quería.

El chico elevó los hombros. El gesto me permitió intuir que simplemente estaba improvisando, por lo que mi curiosidad despertó de golpe y relegó a la preocupación.

—El catorce de febrero, quizás... —Sus mejillas se encendieron con sutileza y la ternura que me transmitió fue tal que me arrancó una sonrisa.

Mi padre desapareció de nuevo, dispuesto a añadir estas flores al próximo pedido, aunque por su expresión supe que pensaba lo mismo que yo.

El silencio creció, denso y quizás incómodo. Por eso, nos rodeó el golpeteo de la lluvia sobre el cristal y el *tris-tras* de las tijeras cada vez que mi madre podaba una rama del bonsái, también desde la trastienda. Como si intentase evitar el contacto visual, el chico analizó la pared a mi espalda, donde colgaban los cuadros de todos los premios que habíamos ido ganando a lo largo de los años. En la mayoría de ellos únicamente el exterior del local salía en la foto de portada. Sin embargo, en uno posábamos los tres, tras haber recibido el reconocimiento en el *Mercado Flotante Bloemenmarkt*, el año anterior, y no tardé en darme cuenta de que había atraído su plena atención.

El aire se tornaba cada vez más denso y el aroma fresco de las plantas se veía opacado por el potente perfume que emanaba su cuerpo, dulce y quizás parecido a la canela, por eso me sorprendió. Carraspeé, interrumpiendo el silencio, y como si una burbuja hubiera explotado, él reaccionó de golpe, pestañeando varias veces seguidas.

—¿Cómo es ella? —Ante mis palabras, frunció el ceño, por eso me vi en la necesidad de aclararme—. La chica de tu catorce de febrero, ¿cómo es?

Sus ojos se achinaron en una sonrisa, desprendiendo un cariño que me llenó el pecho. Escondió las manos en los bolsillos, como si de esa forma lograse hacer desaparecer cualquier rastro de vergüenza, y me mantuvo la mirada.

—Pues.... muy alegre. —Carraspeó y elevó los hombros—. Siempre está sonriendo y... se fija mucho en los detalles, en general.

Mi corazón palpitaba emocionado mientras, guiada por sus palabras, iba directa a uno de los jarrones, en busca de la flor perfecta. Tomé el tallo con cariño y lo acerqué hasta el mostrador. Sus ojos me siguieron de cerca.

—Puedes llevarte el tulipán amarillo. —Lo examinó con curiosidad, aunque sin atreverse a tocarlo, como si solo con el roce de sus dedos pudiese marchitarlo, y no tardó en asentir, de acuerdo con mi decisión.

Con la ilusión reemplazando a mi riego sanguíneo, fui en busca del papel y comencé a envolverlo. De nuevo, de forma automática debido a todas las veces que lo hacía, mi cabeza comenzó a funcionar. Sin embargo, esta vez decidí compartir mis pensamientos con él. No estaba segura, pero algo en su forma de analizar mis movimientos me indicó que quizás podrían interesarle:

—Regalar una flor amarilla significa buena suerte, ¿sabes? —Me prestó toda su atención y, aunque me esforcé por no mirarlo, levanté la cabeza.

Sus iris verdes me recibieron de golpe. Tragué saliva y, manteniendo intacta mi sonrisa, terminé con los últimos retoques—. Así que, mis mejores deseos.

Se la ofrecí: una única flor, amarilla vibrante, envuelta con papel pellón blanco y celofán, y el característico lazo rosa. En cuanto la sostuvo, extendió el brazo para entregarme el billete y, en ese momento, la manga de su jersey dejó su piel al descubierto.

Mi corazón se detuvo.

Levanté la mirada en su dirección y la bajé de nuevo un par de veces, hasta que él fue consciente de que me había dado cuenta. Sonrió y me alegró que, en lugar de esconder el brazo, lo mantuviera inmóvil es su posición.

La suave silueta de un tulipán, con fina tinta negra, recorría la piel lateral de su muñeca. Era discreto, pero a la vez tan especial que supuse que escondería algún significado.

—¿Puedo... verlo? —Me salió sin pensar, y apenas sorprendido, me acercó la mano para que pudiera examinarlo más de cerca.

Acaricié con la yema del dedo el surco que dejaba la tinta, y una sonrisa nació en mis labios al tiempo que la electricidad me recorría el brazo al completo. Volví a dirigirme a él, ahora queriendo descifrar lo que fuese que tenía en la mente, y no le aparté la mirada.

—¿Por qué un tulipán? —me interesé, mi tono cargado de infantil emoción.

Sus iris repasaron mi rostro, aunque se desviaron por un instante y me di cuenta de que dedicaba especial atención a mis mechones frontales. Volvió a enfrentarme, sin perder la sonrisa ni mencionar nada al respecto.

—¿Por qué no?

Su sonrisa se volvió infinita y, sin cortar el contacto visual, se alejó hasta salir por la puerta, dejándome con mil y una dudas en la punta de la lengua.

CAPÍTULO 2

Rosas y espinas

Mis padres se encargaron de cerrar esa noche, por lo que pude volver a casa antes de lo habitual. Apenas me llevaba unos segundos, pues la puerta del fondo de la trastienda conectaba con las escaleras hacia el salón.

Apoyé las botas junto a la cómoda y, justo antes de que todas las ideas huyeran de mi mente, abrí mi ordenador y me acomodé sobre la cama, con él entre las piernas. Inauguré el mes anotando mis palabras favoritas, que acudieron a mi mente casi suplicándome que las escribiera:

Girasoles.

Fresias.

...

Verde y...

Tulipán loro.

Pulsé la última tecla y me detuve a observar la palabra como si fuera la respuesta a todas mis incipientes dudas.

El chico llenó entonces mis pensamientos y, seguidamente, ese tatuaje. Sentí una picazón en la muñeca mientras lo imaginaba justo ahí, imborrable y memorable, y las dudas solo aumentaron. Recordé sus ojos verdes y el pelo castaño, ondulado de forma dispar. Recordé su sonrisa y la manera en la que revisaba cada centímetro de la floristería como si sintiera verdadera admiración.

Me inundó una sensación extraña, aunque algo familiar. Era curiosidad.

Recordé también cómo había hablado de aquella chica, y el brillo que había alcanzado sus ojos en aquel momento, mientras yo envolvía su pedido como si fuese el más especial que me hubieran hecho nunca.

Antes de dormirme, investigué por internet dónde encontrar una flor cómo esa, pues era de enorme rareza y exclusividad, y me juré a mí misma que lo lograría.

Nada más salir el sol, levanté la verja de la floristería y colgué el cartel de «abierto». El frío traspasaba mis calcetines térmicos y me costaba avanzar mientras colocaba algunas macetas en el exterior, a la vista de los peatones. Las lunas de los coches habían amanecido cubiertas de escarcha por la helada nocturna; además, el cielo gris y la corriente que balanceaba el toldo y me arañaba las mejillas me indicaron que se acercaba una tormenta.

Me refugié bajo esa cálida sensación que conservaba la floristería y esperé al primer cliente del día.

Siempre me había gustado cuando alguien entraba sin un objetivo claro, sin saber exactamente qué estaba buscando. No porque fuese más fácil, sino porque me permitía hacer lo que más me gustaba: observar. Leer entre líneas.

Mi necesidad de orden me había llevado a conocer con extrema exactitud todas y cada una de las especies que ofrecíamos. Me las había estudiado al detalle, así me sentía capaz de elegir el ejemplar perfecto para cada persona.

—No lo tengo muy claro —musitó el hombre que tenía delante, removiendo su bolso con nerviosismo. Pude intuir cierta tristeza en su voz, por eso, puse mi mente a funcionar—. Es para alguien importante.

—¿Cómo de importante? —Dejé atrás mi lugar de trabajo y me acerqué a él. Su espesa barba desarreglada era la prueba de que llevaba varios días descuidándose; quizás porque había algo más importante a lo que atender.

Lo animé a seguirme por toda la tienda, paseándonos por entre los cubos, las cestillas y cada uno de los jarrones y macetas, con especies de todo tipo.

—Alguien que no lo ha estado pasando muy bien últimamente, y pensé que... quizás unas flores... —Sus palabras murieron ahí mismo.

Al contrario que entristecerme, mi pecho se hinchó de gratitud y fui directa a la flor que me indicó mi subconsciente. Tomé unas cuantas ramas y se las acerqué para que pudiese olerlas.

—Lavanda. —Sin duda, uno de mis aromas favoritos—. Se usaba tradicionalmente como amuleto contra el mal, por sus propiedades purificadoras y protectoras. Se dice que limpia energías negativas. Creo que es tu planta ideal.

Sonreí con orgullo, disfrutando de la expresión de agradecimiento del hombre. Sin perder un solo segundo, escogí las mejores rosas *chinensis* para complementar el ramo y lo preparé. Después de tantos años, mis músculos actuaban solos, sabiendo exactamente qué debían hacer.

Su mirada se iluminó en cuanto sus brazos, envueltos en varias capas de ropa térmica, abrazaron ese montón de flores. Entonces, supe que había acertado.

No elegía flores, sino mensajes. Esa era la parte más especial de mi trabajo.

La expresión que coronó su rostro justo antes de salir, observándome por encima del hombro, me hizo sentir viva. Sonreí y anoté «lavanda» en mi bloc de notas, aunque sabía que no se me olvidaría.

El resto de la mañana transcurrió con normalidad. Acompañada de mis padres, terminamos las ciento sesenta rosas azules que debíamos entregar al día siguiente y las fuimos colocando con mucho cuidado sobre las cestas.

—¡*Auch*! —Solté la última de ellas y sacudí la mano en el aire. Una de las espinas se me había pasado por alto y la sangre comenzó a brotar de mi dedo gordo, hasta que una gota cayó al suelo, cubierto de esquejes, pétalos marchitos y espinas.

Dejé las tijeras de podar a un lado y me oculté en la trastienda, en busca de una tirita.

En cuanto regresé a mi lado del mostrador, mis talones se clavaron en el suelo casi de forma automática, anclándome mientras unos ojos verdes me estudiaban al completo. El chico de los tulipanes acababa de cruzar el umbral de la puerta y se mantenía inmóvil frente a mí. Se retiró la capucha, al tiempo que múltiples gotas se deslizaban por su abrigo, y se acercó a mí con las manos en los bolsillos.

Sentí el calor alcanzar mis mejillas, aunque me esforcé por aparentar normalidad.

—Buenos días. —Sonreí. A continuación, aparté los restos de naturaleza a un lado. En cuanto volví a encontrarme con sus ojos, fui consciente de que analizaba la tirita de mi dedo pulgar, con el ceño ligeramente fruncido—. Acabo de pincharme con una espina. —Ambos nos fijamos en el montón de rosas—. Pero no es importante. Ya sabes lo que dicen: «O aprendes a querer la espina o no aceptes rosas».

Alzó las cejas, quizás impresionado.

—Son bonitas, pero no mis favoritas. —Le ofrecí una de las flores para que la observase de cerca. Se la acercó a la nariz y, con ese gesto, consiguió hacerme sonreír—. Mi madre dice que soy como el corazón sangrante. Es una flor asiática que no mucha gente conoce y ya estoy hablando sin parar así que mejor me ca...

—¿Por qué?

—¿Qué? —Mis mejillas enrojecieron de golpe, otra vez. Él sonrió y mi pulso, inmediatamente, se aceleró.

—Que por qué eres como un...

—¿Corazón sangrante? —Asintió, logrando que la emoción alcanzase mi mirada—. Los hay de color negro, y su interior es... blanco. Ya te has fijado en... mí, por lo que puedes intuir el resto.

Ahora analizaba en silencio el mechón que caía por mi frente, y ese tono blanquecino que continuaba por mi piel.

—Se llama Piebaldismo —aclaré. Elevé los hombros en una sonrisa—. Lo he heredado de mi abuela. A cuántas chicas conoces que lo tengan, ¿eh? —añadí con diversión, él soltó una carcajada.

En ese momento, sonó la campanilla y otra clienta entró en la floristería. Venía a recoger una maceta de orquídeas moradas que había encargado, por lo que se acercó directamente a mí.

El chico se hizo a un lado y observó detalladamente cómo me desenvolvía. El hecho de que no perdiera la sonrisa en ningún momento despertó mariposas en mi estómago.

—Enhorabuena por los resultados, Noor. —La joven, unos años mayor que yo, aceptó su pedido, del mismo color que el logo de su universidad, y me dio las gracias con un asentimiento de cabeza.

—Nos vemos. —Se despidió con un gesto de mano, con las uñas arregladas elegantemente, como era habitual. No era una chica de muchas palabras.

La observé marcharse calle en adelante, sonriéndole a su ramo como si fuese lo mejor que hubiese recibido nunca. Di un pequeño saltito, emocionada, y volví a centrarme en él.

—Orquídeas moradas —pensé en alto—. Históricamente servían para honrar a figuras importantes. —Aproveché para secar las huellas de las húmedas pisadas de todos los clientes—. Yo misma la ayudé a elegirlas. Hoy se gradúa en Derecho.

Elevé los hombros, restándole importancia a mis actos, y aproveché que había salido de mi zona de trabajo para acercarme a él.

—Soy Lelie, por cierto. —Le tendí la mano. La aceptó de inmediato y me sorprendió el contraste de su tacto cálido respecto a las gélidas temperaturas de esta época—. Como los lirios, aunque seguro que ya no te sorprende.

—Jasper. —Sus comisuras se elevaron y me mostró sus dientes blancos—. Como... no lo sé. Solo Jasper.

Reí.

—¿Has venido a por un tulipán?

Asintió. Parecía orgulloso de que lo hubiera intuido.

—¿Un color en mente?

Elevó los hombros y, como el día anterior, repasó su alrededor con esa sonrisa a la que había comenzado a acostumbrarme. Quizás fue por el tiempo que pasé observándolo, pero me di cuenta de que tenía un lunar justo en la marca de la mandíbula, y las pestañas largas y oscuras como si hubieran sido maquilladas.

—¿Cuál me recomiendas? —Parecía indeciso, eso me emocionó.

—Es para esa chica, ¿no? —Volvió a asentir, esta vez con brillo en la mirada—. Háblame más sobre ella.

Me fijé en cómo descendió la nuez de su garganta justo antes de que sus labios se separasen.

—Es muy especial. —De nuevo, esa tierna timidez se apoderó de él. Se acomodó el pelo, dejando a la vista el pequeño tatuaje. Mis comisuras se elevaron en una gran sonrisa de la que él fue testigo—. Creo que nunca he querido tanto a alguien. No sé si te ha pasado alguna vez, pero cuando la veo es como si...

—Como si admirases absolutamente todo de ella.

—Eso, sí. —Su sonrisa se amplió incluso más y se mordisqueó el labio inferior. Nervioso, quizás.

—Entonces está claro. —Desaparecí unos segundos y regresé con un nuevo tulipán entre mis dedos—. El morado representa admiración, así que es perfecto.

Comencé a envolverlo bajo su atenta mirada, aunque no tardé en darme cuenta de que me temblaban ligeramente las manos, dejándome claro que esto me importaba más de lo que debería. En parte porque intuía que para él era verdaderamente importante.

—¿Siempre haces eso? —Levanté la vista ante sus palabras, cargadas de una curiosidad genuina que me conmovió.

—¿El qué?

—Elegir la flor perfecta.

—Es mi trabajo, ¿no? —Elevé los hombros, feliz.

Oí que reía y lo hice también, pero en silencio.

—Gracias otra vez, Lelie. —Aceptó la flor, pero todavía no se alejó.

El silencio nos envolvió, denso como el follaje de un enebro, mientras sus iris verdes repasaban cada parte de mi rostro. Me maldije a mí misma por dejar que los nervios me dominaran.

—¿Me dirás cómo se llama esa chica?

—Algún día. —Me dedicó una sonrisa y cerró la puerta tras su espalda.

Solo tenía seis

4 de febrero de 2026 - 22:01

La primera vez que escuché la palabra «mapache» tenía seis años y pensé en ese adorable animalillo.
La segunda me di cuenta de que las palabras, además de cambiarlo todo, también destruyen.
La tercera aprendí a sonreír y me volví indestructible.

Azaleas

Hoy ha sido uno de esos días que transcurren sin más. El mundo parecía avanzar en todas direcciones y yo, sin embargo, daba igual hacia dónde mirase, estaba sola. Pero, por suerte, no padezco esa soledad que habita en la tristeza. Aún, a pesar de todo, soy feliz.

Ya no hace tanto frío, ahora incluso la luz del sol me acaricia las mejillas. Eso me trae recuerdos de mi infancia y de aquel pequeño invernadero que tantas veces te he enseñado. No sé qué habrá sido de él, hace tiempo que no me paso y no estoy segura de si volveré a hacerlo. Si te acercas, mándame una foto de las azaleas.

Creo que ya te lo conté, pero fue la primera vez que logré un injerto. Solo tenía nueve años, pero ese recuerdo no ha desaparecido y esas florecillas rosas siempre serán especiales.

Cada día intento cambiar de perspectiva. En lugar de pensar que paso mucho tiempo sin hacer nada, he decidido llamarlo «Tiempo para mí»; y lo he inaugurado investi-

gando por internet. Quizás, si dedico todo este tiempo a informarme, saldré de aquí siendo un cerebrito.

El caso es que he descubierto algo que me ha hecho reflexionar: ¿Sabías que las azaleas son altamente venenosas?

Quién lo diría, ¿no?

Son tan bonitas.... Nunca nadie se imaginaría que pudieran llevar al coma o... incluso a la muerte.

Eso me ha dejado un rato pensando, y me he dado cuenta de que, quizás, por muy idílico que todo parezca, nada es perfecto. Es posible que los demás también tengan algo por lo que sufrir. No solo yo o...

... tú.

Supongo que cada persona lo afronta como puede, e incluso puede conseguir que nadie se dé cuenta.

En tu caso... no es así, y lo siento.

En el mío... lo estoy intentando. Soy de esas chicas que piensan que una sonrisa puede salvar el mundo, así que, por muy difíciles que se pongan las cosas... nunca dejemos de sonreír, juntos.

Te quiero.

La chica de las azaleas.

CAPÍTULO 3

El tulipán loro

En vísperas de San Valentín, los pedidos no dejaban de multiplicarse y la lista de ramos pendientes no dejaba de crecer. Por eso, me había pasado la mañana de un lado al otro de la floristería, reclutando los ejemplares más bonitos y personalizando etiquetas románticas para cada uno.

El catorce de febrero era uno de mis días favoritos del año, y no porque estuviese enamorada hasta las trancas, sino porque me hacía sentir especial que las personas regalasen flores.

Porque no eran solo flores.

Y ese era mi trabajo: escoger ese conjunto de pétalos, tallo y miles de colores que mejor encajasen en el corazón de cada cliente.

Porque existía una flor para todo el mundo, incluso para aquellos que no creían en su poder. Y ser la persona que se encargaba de elegirlas era la razón por la que amaba mi trabajo.

Eso me hizo pensar de nuevo en el tulipán, y en que todavía no había encontrado a un proveedor que me lo vendiese. El tulipán loro, durante años, había sido visto como una rareza botánica, una flor extraña y que desafiaba las normas. Por eso, no era común ni fácil de cultivar, pero llamaba mucho la atención.

El frío provocó que perdiese la sensibilidad en los dedos de los pies minutos después de pisar la calle. Hacía semanas que no me acercaba al mercado flotante; por eso, en cuanto el tío Joris me había pedido ayuda, había aceptado de inmediato.

Febrero no era una época de mucho turismo en Ámsterdam, aun así, aproximarse al día catorce suponía una buena razón para acercarse al mercado floral más importante de la ciudad. El volumen de clientes era tal que dos manos no habían sido suficientes.

Mi tío, con esa tez cubierta de pequeñas cicatrices tras una adolescencia repleta de acné, me saludó sin siquiera tiempo para mirarme directamente. El vapor emanaba de su boca mientras conversaba con un par de clientes y ni siquiera el abrigo polar parecía protegerlo del frío. Me coloqué a su lado y, sin necesidad de comunicación, recibí a los siguientes en la cola. Eran turistas, y por el acento y el aspecto, me quedó claro que se trataba de una pareja de españoles; entonces saqué mi inglés a relucir:

—*Bienvenidos al Mercado Flotante de Bloemenmarkt, único en el mundo y abierto todos los días del año.* —Ambos, con unas espesas bufandas que cubrían sus bocas y parte de la nariz, se miraron con una sonrisa. Supuse que estarían entendiendo, así que continué—: *Podéis encontrar desde tulipanes, narcisos, bulbos, plantas y recuerdos florales únicos.*

—*Estábamos buscando... un souvenir. Es nuestro primer viaje juntos y nos gustaría tener algo para recordarlo.*

A medida que la mujer se explicaba, les di paso a las estanterías donde colgaban las flores prensadas, encerradas en una burbuja de resina que perduraría durante años.

—*El tulipán es el símbolo de esta ciudad, aunque no tengo dudas de que os ha quedado claro.* —Señalé en todas direcciones, estas flores podían encontrarse por cualquier parte: desde floristerías, grafitis, decorados...—. *Pero si preferís algo menos común, las dalias, los narcisos o los jacintos son una buena elección.*

Mi tío me observaba de reojo mientras la pareja se decidía entre las múltiples cúpulas de resina. Parecía impresionado y eso me agradó.

Para mi sorpresa, eligieron dos de ellas, y me hizo más ilusión de la que ellos mismos esperaban que me preguntasen por las dalias:

—*Son un símbolo de fuerza y capacidad de superar desafíos.* —Acepté el dinero y comencé a envolver los productos con delicadeza—. *Aquí las asociamos al compromiso y el vínculo duradero. Habéis elegido bien.* —Les entregué su bolsa con una gran sonrisa y ellos, sonrojados, se miraron entre carcajadas.

Joris me observaba, inmóvil, y se acercó a mí en cuanto estuve libre. Sus manos se apoyaron en mis hombros y me besó la mejilla con afecto.

—Nunca dejas de sorprenderme, Lirio. —Portaba una sonrisa de padre orgulloso mientras pronunciaba ese apodo que solo él utilizaba.

—He aprendido del mejor. —Elevé los hombros con vacilación, restándole importancia. Lo cierto es que atesoraba cada pequeña raíz de conocimiento que me había ido proporcionando a lo largo de los años.

Atendimos la barcaza flotante, vendiendo sin parar, hasta la hora de cerrar, cuando las luces de las farolas se reflejaban sobre el canal Singel. Las vistas que nos ofrecía las almacenaba en mi retina como recuerdos imborrables: los puentes pintorescos que conectaban las calles a ambos lados, los cruceros que transportaban a turistas y locales día tras día y las casas estrechas y coloridas que flotaban sobre pontones y subían o bajaban al ritmo de la marea. No había conocido muchas ciudades, pero la mía era mi favorita.

—Tío Joris —lo reclamé, al tiempo que esperábamos para ser atendidos en mi puesto de gofres preferido—. ¿Qué sabes sobre el tulipán loro?

Al momento, me dedicó una sonrisa. Él había sido quien me había hablado sobre ellos, por eso era la persona perfecta para esto.

Ocupé mis manos con un fino gofre de caramelo y retomé el paso junto a él.

—Ya te he contado todo lo que sé —rio. A continuación, le dio un buen mordisco a su dulce, repleto de sirope de fresa.

—Ya pero... ¿sabes dónde puedo encontrarlo?

Sus cejas se curvaron mientras intentaba adivinar mis intenciones. A nuestro alrededor, la ciudad comenzaba a dormirse y el ajetreo del día a desaparecer.

—¿Alguien lo ha encargado?

Asentí, logrando que dejase de masticar repentinamente y me plantease cientos de preguntas con la mirada.

—Llevo días buscándolo, pero nadie parece cultivarlo.

—Veré qué puedo hacer. —Nos detuvimos frente a la puerta trasera de mi casa, despidiéndonos de un nublado atardecer—. ¿Para cuándo lo necesitas?

—San Valentín. —Me llevé la mano a la nuca, suponiendo cuál sería su reacción.

—¡Eso son tres días!

—Lo sé. —Elevé los hombros. En el fondo me preocupaba no encontrar una solución—. Pero... es San Valentín, es importante.

Me besó en la mejilla, y, negando con la cabeza en un gesto divertido, esperó a que abriese la puerta.

—Muchas gracias, tío. —Se fue alejando.

—Hasta otro día, Lirio. Te quiero.

CAPÍTULO 4

Azul

Nada más girar el cartel, recibí las imágenes que llevaba días esperando: los Bakker sonreían radiantes en el reportaje fotográfico de su boda y las rosas azules resplandecían por todas partes. Me sorprendió incluso encontrarme una de ellas adornando el moño de la novia. La pareja se había conocido a distancia, por lo que nunca creyeron que llegarían a casarse. Por eso, cuando llegaron a Bloemen con esa bonita historia, no dudé en presentarles unas flores que reflejasen esa sensación inalcanzable. Había sido todo un acierto.

—¿Por qué sonríes?

Levanté la mirada del teléfono al instante, atraída por una voz que ni siquiera había esperado. Jasper esperaba frente a mí, al otro lado del mostrador. El color de sus iris combinaba a la perfección con el abrigo polar que le cubría incluso el cuello.

Le di la vuelta a la pantalla para mostrarle la imagen.

—Clientes contentos, vendedora orgullosa.

—Vaya... —suspiró, alucinado por la foto a las puertas de la iglesia.

—El azul siempre es una buena elección.

—¿Existe el tulipán azul?

—Tu chica es una afortunada, ¿eh? —reí, encaminándome hacia el jarrón correspondiente. Jasper caminaba detrás de mí.

—Le gustan mucho las flores.

—Me cae bien —aseguré, aún riendo. Entretanto, me ocupé de elegir el tulipán en mejor estado. Di media vuelta y se lo tendí—. Y sí, existe el tulipán azul. Todo gracias a la ingeniería genética o... a la tinción.

—Y no me cabe duda de que ya le has buscado un significado.

Abrí los ojos en su dirección, sorprendida por el comentario. Elevó los hombros, como si haber acertado hubiese sido algo demasiado obvio.

—Lo hago constantemente, no puedo evitarlo. —Me dirigí a la caja registradora.

El silencio fue tan repentino que pude incluso percibir el ritmo relajado de su respiración. Las notas de canela que desprendía se entremezclaban con el aroma fresco de

Bloemen, y la combinación era incluso mejor de lo que podría describir.

Mientras recortaba el pellón, dejé que mi mente imaginara el rostro de esa mujer, recibiendo un enorme arcoíris de tulipanes día tras día. Supuse, entonces, que esa debía de ser su flor favorita, y no pude evitar preguntarme por el motivo, hasta que mi curiosidad venció y fui quién de cortar el silencio:

—¿Por qué tulipanes? —repetí la pregunta del primer día. El chico sonrió.

Que elevase los hombros pilló desprevenida a esa parte de mi mente que me exigía entender absolutamente cada cosa que me rodeaba.

—Tienen algo especial —se limitó a responder, como si no necesitara darle demasiadas vueltas.

—Todas las flores lo tienen.

—Pero estas son sus favoritas.

Bingo.

Ambos sonreímos. Él con las mejillas coloradas y ese brillo en la mirada. Yo orgullosa por haber acertado.

Entonces, se lo tendí, perfectamente envuelto y decorado.

—Supone apoyo en momentos difíciles —resolví su duda, admirando el tono intenso de cada pétalo. Nunca lograba acostumbrarme—. No sé si es lo que estabas buscando, pero nos quedaremos con que es un color precioso.

Esta vez, Jasper no dijo nada. En su lugar, admiró la flor en completo silencio y se dejó envolver por su olor, como si fuese capaz de transportarse.

Lo observé marcharse a través del escaparate, tomando el mismo camino de siempre, hasta que desapareció de mi vista.

Reina de la noche

Estoy segura de que has sentido la tormenta. ¡Se me ha hecho eterna!

No te voy a mentir, al principio lo he pasado un poco mal. Sabes que estas cosas me dan bastante miedo y estando sola me he agobiado un poco. Sin embargo, he intentado distraerme pensando en nosotros.

Lo primero que me vino a la mente fue nuestro viaje a Róterdam. ¿Te acuerdas de aquella tormenta? Yo no la olvidaré nunca. Perdimos un día entero de ruta por culpa del mal tiempo, pero te machaqué al póker. Todo un logro para mí.

Hace un rato que regresó la luz. Aunque a mí no me ha afectado, he visto la ciudad apagarse a través de mí ventana. Supongo que, en ese sentido, puedo considerarme una afortunada.

Sigo en proceso de convertirme en un cerebrito, como te dije —je, je—, y he encontrado un blog sobre botánica súper interesante. La entrada de hoy hablaba de la reina de la noche, como la de mi ópera favorita. ¿No es genial? Lo cierto es que nunca había oído hablar de esta especie, pero me ha dejado fascinada.

Es una planta carnívora que permanece cerrada durante el calor y, durante la noche, florece por el clima fresco. Si existiese una explosión de sol demasiado fuerte, podría quemarse. Además, la flor solo dura seis horas y, una vez se marchita, no vuelve a florecer. Es curioso.

Entre eso y el apagón de hoy, me he dado cuenta de una cosa: que algo no se vea no quiere decir que no exista. Por eso, aunque las circunstancias no me permitan estar contigo, sé que siempre estarás ahí.

Te quiero.

La chica de las reinas de la noche.

CAPÍTULO 5

Segundas oportunidades

Estaba al borde de perder la esperanza, y así habría sucedido si no hubiese sido por el tío Joris. Contra todo pronóstico, apareció en la floristería con un par de cajas que, a primera vista, parecían venir de muy lejos. Acumulaban tal cantidad de sellos que, si no hubiera sido porque la hiperactividad pre-emoción se apoderó de mis extremidades, me habría detenido a examinarlos uno a uno.

—Un día antes —anunció, apoyando el cargamento sobre el mostrador como si de porcelana se tratara—. Nuevo récord para el tío Joris —alardeó.

Sin preocuparme por la considerable cantidad de clientes que paseaban por la tienda un día antes del día de los enamorados, me lancé a sus brazos entre chillidos de emoción. El suelo parecía haberse convertido en una nube bajo mis botas, y mis saltos podría decirse que se resistían incluso a la fuerza de la gravedad.

—¡*Ereselmejorereselmejorereselmejor*! —repetí, aún sin haberme separado de él—. ¿Cómo los has conseguido? —Me peleé contra la cinta adhesiva, con la emoción latente en mi pecho.

—Un mago nunca revela sus trucos —vaciló.

Mis ojos se aguaron nada más levantar las solapas de la primera caja de cartón. Un montón de tulipanes loro, con pétalos grandes, ondulados y bordes irregulares, así como las plumas de la propia ave, me recibieron con sus llamativos colores.

—Es increíble —suspiré, alternando la mirada entre mi tío y los ejemplares—. A Jasper le van a encantar.

—¿Jasper? —frunció el ceño, al tiempo que se colocaba a mi lado para examinar el interior.

—Mi cliente. —Sonreí orgullosa, imaginando su sonrisa cuando le entregase uno de los tulipanes—. Mañana mismo vendrá a recogerlo.

—En la otra caja tienes unos cuantos bulbos. —La señaló con la mirada—. Así podrás cultivarlos.

—Gracias, gracias, gracias. —Volví a abrazarlo, sin terminar de asimilar que lo hubiera logrado. Segundos más tarde, regresó a la calle, hacia su puesto de trabajo.

Dediqué un par de minutos a no hacer nada más que observarlos, completamente sola y sin atreverme a sacarlos de la caja por miedo a dañarlos. Sin embargo, mi momento de gloria se vio interrumpido en cuanto la puerta se abrió de golpe:

—¿Pero te quieres callar?

—Porque tú lo digas.

—¿Os podéis callar los dos? —La puerta volvió a cerrarse, con un ruido sordo—. Gracias.

Bufaron.

Retiré la caja del mostrador, sin dejar de analizar la escena, y no me atreví a pronunciarme.

—¿A qué hemos venido? —se hizo oír otra vez el rubio, rehaciéndose el moño con desinterés.

—A comprar un coche, no te jode —graznó la única mujer, con una melena castaña que le rozaba los codos.

Ahogué una sonrisa.

—Disculpa —reaccioné en cuanto el otro chico se dirigió a mí, un tanto avergonzado. Sus ojos, intensamente azules, se desviaron hacia sus acompañantes antes de exhalar con fuerza.

—No te preocupes. —Ahora sí que no pude evitar reírme, pues tanto ella como él se habían sumido en una absurda discusión.

—Sois peores que mi hermano, tíos.

—A mí no me llames tío —saltó ella, apuntándolo con el dedo. Este elevó las manos en señal de rendición y ella sonrió, triunfal.

En ese momento, la discusión se esfumó como si ni siquiera hubiera ocurrido y los tres se colocaron frente al mostrador. Me fijé en que el rubio analizaba el local con una expresión divertida.

—Quién lo diría —vaciló, ahora fulminando a su amigo—. Estás hecho un galán.

—Cállate.

Alterné la mirada del uno al otro cual partido de ping-pong. La mujer, en el medio, parecía ignorarlos y repasaba los estantes.

—A ver —los cortó—. La estáis haciendo perder el tiempo. —Mis mejillas enrojecieron bruscamente en cuanto la atención de los tres se detuvo en mí—. Matt, elige de una vez...

—Em... sí. —Se llevó una mano a la nuca—. Quería... un ramo de lilas.

—¿Para encargar? —Sonreí, sacando mi libreta del cajón.

—No, o sea...

Rascándose el nacimiento del pelo, repasó su alrededor.

—Espabila. —El rubio lo golpeó en la nuca y tuve que hacer un esfuerzo para contener la carcajada. La morena, sin embargo, no disimuló en absoluto—. Quiere un ramo de lilas —aclaró, en mi dirección—. Es para una chica.

El otro asintió, con las mejillas encendidas. Sus nervios aumentaron mi sonrisa.

—¿Es posible? —dudó.

Asentí.

—Acompañadme.

Bajo sus curiosas miradas, escogí las flores en mejor estado y las fui agrupando en mi mano. Además, las acompañé con un poco de paniculata; adoraba esa combinación.

—¿Sabes lo que simbolizan las lilas? —Levanté la mirada un segundo, mientras recortaba las ramas de forma ordenada—. El primer amor.

Los tres se miraron y, en cuanto las mejillas del protagonista se tiñeron de rojo fuego, los otros no tardaron en mofarse.

—Veo que he acertado —reí.

—Son sus flores favoritas. —Ignoró a la pareja—. Mañana volvemos a casa y... quería darle una sorpresa.

—Me encantan los chicos que regalan flores. —Él sonrió y yo comencé a envolver su pedido.

—¿Y cómo dices que te llamas? —Ahora fue el rubio.

—No lo ha dicho —lo recriminó ella—. No intentes ligar, Caleb.

Solté una risita y levanté la mirada hacia ese tal «Caleb». En ese momento, el ruido de la calle volvió a colarse en el interior y me fijé en el frente. Mi sonrisa se dibujó sola.

—Jasper —lo saludé. Alzó el cuello sutilmente como respuesta y se acercó. Los tres chicos lo observaron.

Terminé de preparar el ramo y se lo tendí, aceptando el dinero.

—Me llamo Lelie —reí, devolviéndole la mirada a Caleb. Él sonrió, reuniendo su expresión vencedora más intensa.

—Lelie, ¿me das una de esas de ahí? —Señaló a mi espalda, hacia un montón de flores que habíamos retirado, pues pronto se estropearían. Fruncí el ceño, pero le hice caso y seleccioné la primera: una gerbera.

Se la ofrecí y no tardó en sacar el dinero suelto que llevaba en el bolsillo y dejarlo frente a mí; sin embargo, no aceptó la flor.

—Te la regalo. —Guiñó un ojo con descaro.

Alcé las cejas.

—¡PFFFF! —Sus amigos se desinflaron. Incluso Jasper sonreía. Yo solo pude separar los labios, inmóvil.

Enseguida avanzaron hacia la salida, entre carcajadas irónicas.

—Tengo un hermano gilipollas —musitó la mujer antes de cerrar la puerta.

Permanecí en silencio, asimilando la situación con la flor entre los dedos. Reí por lo bajo y la apoyé sobre el mostrador.

—Eso ha sido raro. —Jasper frunció el ceño, fijándose en mí y luego en el pequeño grupo que parecía volver a pelear, en la acera.

—Ya te digo. —Solté otra pequeña carcajada y negué con la cabeza. Enseguida recogí el mostrador para atenderlo a él, pues ya tenía claro lo que quería.

Al contrario de lo que esperaba, en lugar de pronunciarse, se mantuvo en silencio, como si estuviera esperando algo que yo no conocía. Repasó las estanterías que tenía más cerca con la mirada ausente y no pude evitar fijarme en cómo se marcó su nuez al tragar saliva.

Quise preguntarle, pero tampoco estaba segura de si debía hacerlo. Justo en ese momento, un pequeño chispazo atrajo nuestra atención y la del resto de clientes. Moví la cabeza en todas direcciones hasta que una columna de humo casi invisible me hizo frenar en seco.

—Oh no —maldije, en voz baja—. La cámara frigorífica.

Me acerqué, más preocupada por el hecho de que mis padres se hubiesen marchado al mercado. El enchufe parecía haberse calcinado, sin razón aparente.

—Eso... —Carraspeó— suena raro —oí que decía. Su voz apenas audible me sorprendió, aunque no dejé que se notara demasiado.

—No suena. Ese es el problema. —Atendí en todas direcciones, angustiada, y me sentí más observada que nunca—. Ahí dentro están todos los pedidos preparados para mañana.

Mi ritmo cardíaco se aceleraba a cada segundo y pude sentir el sudor deslizarse por mi espalda. Ni siquiera me atreví a abrir la cámara por miedo a variar la temperatura.

—¿Puedo?

Todavía con cierta inseguridad, Jasper dio un paso adelante, colocándose a mi lado y estudiando mi expresión.

—Corta la corriente —anunció—. ¿Sabes hacerlo?

Asentí infinitas veces con la cabeza, depositando en él todas mis esperanzas, y tragué saliva justo antes de escabullirme. En cuanto estuve de vuelta, se agachó y analizó la zona que creía afectada, de espaldas a mí y sin siquiera mirarme un instante. Me sorprendió la técnica con la que desconectó el cable y retiró el enchufe, como si ya lo hubiera hecho muchas otras veces antes. Yo, completamente enmudecida, me limité a obedecer a cada una de sus necesidades, entregándole todos los materiales que me pedía y que, gracias a mi manía de control, sabía dónde encontrar.

Observé desde un lateral cómo retorcía los cables, los analizaba e incluso cómo se arrugaba su entrecejo de vez en cuando. Incluso los demás clientes parecían interesados, aunque los atendí con más prisa de la habitual, sin quitarle un ojo de encima a él.

Colgué el cartel de cerrado y regresé a su lado, ansiosa.

No habían pasado ni quince minutos cuando Jasper volvió a encajar el enchufe. Me pidió que conectase la corriente de nuevo y golpeó el lateral del frigorífico un par de veces. Después de unos segundos que se me antojaron eternos, regresó el zumbido.

Solté de golpe todo el aire que no sabía que había estado conteniendo.

—¿Lo has arreglado? —murmuré, sin querer creérmelo todavía.

Antes de que pudiera responder, un chispazo nos interrumpió.

—¡*Auch*! —Retiró la mano con rapidez y comenzó a sacudirla en el aire.

—¿Estás bien? —A su espalda, mi voz sonó demasiado débil. Tragué saliva—. ¿Jasper?

Musitaba palabras ininteligibles sin siquiera darse la vuelta, maldiciendo mientras continuaba con la mano en movimiento. En cuanto se giró hacia mí, sellé los labios de golpe. Sus ojos estaban cubiertos de un brillo que me asustó. De nuevo, forzó su garganta al tragar y no se atrevió a mirarme. Su respiración tembló.

—Por Dios, Jasper. —Clavé la mirada en sus dedos, enrojecidos—. Te has quemado.

Sujeté su muñeca por instinto, queriendo servir de ayuda, sentirme útil. Se liberó del agarre de un tirón que, aunque intentó parecer discreto, me inmovilizó.

Lo analicé entero y volvió a darme la espalda. Su respiración parecía haberse agitado.

—No pasa nada. —Su voz ahogada.

Antes de que pudiera decir nada, volvió a agacharse y a continuar la reparación, ignorando la herida. Corrí hacia la trastienda, de nuevo hasta el cuadro eléctrico, con cierto miedo.

Cuando regresé a su lado, desvié la vista hacia el reloj, angustiada, y volví a centrarme en él.

—Déjame ayudarte —supliqué, sin saber muy bien cómo debía sentirme.

No recibí respuesta y se me secó la garganta. Con el paso de los segundos, su piel se arrugaba y enrojecía aún más.

—Déjame ayudarte, por favor. —Apoyé la mano en su hombro, sin llegar a situarme a su lado, y no la aparté incluso cuando cada uno de sus músculos reaccionó de una manera inesperada. Me di cuenta, en medio de la espesa tensión, de que su pecho se detenía en seco.

—Déjame, Lelie. —Intentó no hacerse oír demasiado, quizás porque sabía cómo me sentarían esas palabras.

—Jasper —lo reclamé, seria, aunque ahora más preocupada por lo que había en su mente que por la propia herida. Apretó los labios, esforzándose por ignorarme—. Jasper.

Cerró con fuerza los párpados antes de levantar la barbilla hacia mí. Su mirada transmitía tanta oscuridad que mi mente se llenó de dudas.

—¿Qué ha pasado? —Mi tono se ablandó, de golpe. Él escupió todo el aire.

—Creo que es el cable. —Lo sujetó con la mano ilesa.

Negué con la cabeza y lo enfrenté directamente.

—No me refiero a eso.

Agachó la mirada, perdiéndola en las baldosas del suelo.

—Tengo que arreglarlo.

No sé por qué, pero sentí que habíamos cambiado de tema.

—Jasper —intenté atraer de nuevo su atención. Sus ojos hinchados me aplastaron—. Déjame ayudarte con eso. —Señalé la rojez con la cabeza—. Estás en el sitio adecuado.

Frunció el ceño, extrañado. Yo, con una idea fija en mi mente y antes de que pudiera arrepentirse, me acerqué rápidamente a la zona de las suculentas. A continuación, cogí un cuchillo de la trastienda y una silla para él.

—Nunca subestimes el poder de la naturaleza. —Con un tono un poco más animado, pues sentía que era lo que necesitaba, le indiqué que se sentara y le mostré la gran planta de aloe vera que llevaba en las manos. Jasper analizó sus ramas con disimulada curiosidad, intentando leer mis pensamientos—. Aloe vera.

Apoyé la maceta sobre el mostrador y corté una de las pencas. Rápidamente, el gel comenzó a asomar y fui retirando la corteza con cuidado, disfrutando del aroma fresco que desprendía.

—Yo lo utilizo mucho con las amapolas. —Le pedí la mano y la sostuve entre mis dedos antes de comenzar a aplicar el gel.

Jasper me observó sin decir nada, como si temiera pronunciarse.

—¿Es que las amapolas queman? —murmuró, casi inaudible, pero me hizo sonreír.

Arrugó el entrecejo en cuanto rocé la zona afectada. Intenté hacerlo con rapidez, concentrada en mis movimientos.

—Claro que no. —Mi pecho se agitó en una pequeña carcajada. Sus iris estaban clavados en mí y, aunque no lo correspondiese, podía sentirlos. Tragué en seco—. Si quemas los tallos, duran más en el jarrón.

—Vaya...

—Así sellas la sabía y bloqueas la absorción de agua. —Dejé a un lado la hoja y fui en busca de una gasa, dispuesta a cubrir la herida—. No te muevas.

No dijo nada, pero sabía que me prestaba atención.

—Lo siento, otra vez —murmuré tímidamente nada más volver a su lado.

Me fijé entonces en que sus dedos eran anchos y curtidos. La piel parecía machacada y mucho más dura de lo habitual, como si hubiera cicatrizado muchas otras veces.

—¿A qué te dedicas? —indagué, enrollando la cinta alrededor de su dedo índice. Necesitaba hacer desaparecer ese silencio tan pesado que nos rodeaba.

—Mantenimiento —se sinceró cuando ni siquiera esperaba sus palabras. Entonces, entendí ese aspecto calloso—. Soy el rey de las segundas oportunidades.

Me sorprendió esa respuesta.

Y me gustó.

Demasiado.

Sonreí con orgullo.

Entones, volví a fijarme en su muñeca y en la silueta del tulipán que asomaba bajo la manga del jersey. Estaba dibujado en un único trazo que se retorcía dando forma a los pétalos, el tallo y las hojas.

Carraspeó.

—No eres la única que ama las flores.

Mi expresión se iluminó, aunque de forma diferente a la suya. Él me transmitía una sensación de nostalgia.

—Listo. —Liberé su mano.

Jasper movilizó los dedos, queriendo asegurarse de que el vendaje estaba perfecto, y volvió a fijarse en mí. Se incorporó, volviendo a ganarme altura y, en lugar de las palabras, eligió el silencio; y creo que yo hubiese hecho lo mismo. Me di cuenta de que no iba a moverse, paseaba la mirada por cada una de las paredes como tantas veces antes y de pronto dejé de verlo como a un desconocido. En su pelo ondulado, su postura y ese nuevo vendaje, comencé a interpretar una nueva rutina, que había nacido hacía tan solo unos días, pero que había empezado a volverse indispensable.

Me sentí cómoda a su lado. Sentí que podía confesarle mi amor por mi trabajo y que, de alguna forma, intentaría entenderme.

Tuve la impresión de que, esta vez, ninguno de los dos estaba allí solo por las flores.

Sus iris, aunque aún brillantes, parecieron vibrar mientras repasaban cada una de mis facciones, y encontré de nuevo ese pequeño lunar en su mandíbula. Incluso pude fijarme en los pellejos de piel levantada de sus labios, delatando lo que supuse que sería un tic nervioso. Su olor estaba por todas partes.

—Tienes los ojos muy bonitos. —En cuanto sus palabras me alcanzaron, sellé los labios, sorprendida. El calor alcanzó mis mejillas—. Parecen de cristal. Apuesto a que has encontrado una flor para eso.

Sonreí, pero esta vez fue diferente. Porque sentí que estaba completamente expuesta. Porque tuve la impresión de que era capaz de interpretarme. Porque solo me salía ser sincera.

—Lo sabía —se adelantó, intentando sonreír como si temiera no ser capaz. No parecía nada nervioso, sino todo lo contrario. Eso también me sorprendió.

—Se llama celestina —admití, como si se me hubiese escapado un profundo secreto, aunque no fuera así.

—La buscaré.

Su respiración me acarició las mejillas y, finalmente, fui yo quien retrocedió un paso, con una sensación amarga en la boca del estómago.

—Bueno... —Carraspeé y me obligué a concentrarme en el reloj—. Debes marcharte.

Me aseguré de que mis palabras no le molestaran, pues no había sido mi intención. La imagen de esa chica, a la que ni siquiera conocía, ardía en mis pensamientos.

—Antes deja que termine con eso. —Fue directo a la cámara frigorífica, cuya avería había conseguido olvidar—. El problema está en el cable, es demasiado viejo. ¿Tienes alguno por ahí?

No fui capaz de pedirle que lo dejara, simplemente elevé los hombros y desaparecí escaleras arriba, con la esperanza de que mi padre ya hubiese llegado. Tardé más de la cuenta en regresar y por un momento creí que habría decidido marcharse, pero no fue así. Cuando bajé de nuevo a la floristería, con un rollo de cable en la mano, Jasper estaba sentado con la espalda apoyada en la pared y una expresión perdida que no logré ignorar.

—He encontrado esto. —Se lo ofrecí y, por su gesto, deduje que serviría.

No volví a pronunciar palabra, tan solo lo observé. Cada vez que se concentraba se rascaba la sien, y sus dedos moldeaban los cables con mucha facilidad. El tiempo pasó con la única interrupción del *tic-tac* del reloj, recordándome que había alterado la rutina de ese chico.

—Creo... que ya está. —Se incorporó y yo lo imité con rapidez. Volvió a golpear el lateral de la cámara tras recuperar la electricidad y guardamos silencio, a la espera.

Mi corazón se hizo eco con fuerza y estaba casi segura de que él podría sentirlo.

PUM.

PUM.

De un momento a otro, percibimos el zumbido. Sus labios se curvaron en otro intento de sonrisa, casi amarga.

—¿Lo has conseguido?

—Eso parece. —Lo abrió y comprobó que, efectivamente, funcionaba con total normalidad.

Me incliné contra la pared, chocando la espalda de forma repentina. Él sonrió ante mi evidente alivio y, aunque me gustó ese gesto, no lo sentí tan real como otras veces.

—Acabas de salvar unas cincuenta entregas. —Mi voz sonaba como si estuviera realmente agotada, aunque el trabajador hubiese sido él—. Y mi estabilidad emocional.

—No ha sido para tanto. —Ocultó las manos en los bolsillos, insinuando comodidad, o eso quise creer—. He trabajado con... cosas peores.

—Gracias. —Sonreí.

De forma telepática, los dos alzamos la cabeza en dirección al reloj.

—Ahora sí —admitió—. Tengo que volver a casa, mi... novia debe de haberse preocupado.

Asentí, sintiendo al mismo tiempo una pequeña punzada en el pecho.

—Jasper. —Tragué saliva—. ¿Seguro que estás bien?

Asintió y perdió la mirada en otra parte. Mentía y eso me rompió.

—Espera —lo detuve. Me escabullí con prisa—. Creo que tengo el tulipán perfecto para hoy.

Su mirada me siguió con atención mientras cortaba el tallo de uno de los tulipanes blancos. No tardé apenas en envolverlo, había ido ganando práctica, por eso ni siquiera tuvo tiempo de dar un paso cuando me acerqué a él con su nueva flor.

—Por las segundas oportunidades. —Lo aceptó, claramente sorprendido, y me adelanté antes de que sacase su cartera—: Este te lo regalo, por las molestias.

Suspiró en un intento de sonrisa.

—Hasta mañana, Lelie —se despidió. Sus palabras, aunque vacías, me hicieron más ilusión de la que debería.

Aros gigantes

Cada día te echo más de menos. Aunque pueda verte casi a diario, nada es igual.

Echo de menos los picnics en el parque, las tardes de sofá, manta y peli y los maratones de series hasta tarde. Aquí no tengo nada de eso, salvo los vídeos que me envías contándome qué tal el día.

Yo haría lo mismo si tuviera algo interesante que contar.

Lo único curioso que he descubierto hoy es que existe una planta que huele, literalmente, a muerto. Por eso también la llaman la «flor cadáver», y por si no fuera suficiente, puede alcanzar los tres metros de altura y calentarse para expandir su olor.

Es asqueroso.

Sin embargo, me he dado cuenta de que en esta vida no existe el azar, todo tiene una explicación, aunque pueda resultar desagradable —supongo—. En este caso, los insectos carroñeros se sienten atraídos y, gracias a su acción polinizadora, permiten la existencia de la propia naturaleza.

Es asombroso.

Al mismo tiempo, me da un poco de miedo. ¿Crees que también existe una justificación para mí? ¿Que nada de esto es cuestión de mala suerte? Me aferraré a ese clavo ardiendo durante todo el tiempo que me sea posible.

Te quiero.

La chica de los aros gigantes.

CAPÍTULO 6

San Valentín

El sol bañaba la ciudad sin ninguna interrupción, como si hubiese entendido la importancia de la fecha de hoy. No había rastro de humedad en el ambiente, tan solo esa brisa gélida que me obligaba a abrigarme más de la cuenta.

Ámsterdam había amanecido llena de flores, globos, dulces y miles de parejas que participaban en la tradición. Era mi día favorito del año.

Mientras mis padres entregaban todos los encargos y preparaban otros nuevos, fui directa a los tulipanes loro. Los acomodé en nuevos jarrones, con agua fresca, polvos conservantes y una necesidad insana de perfección. Sentía que cada uno de ellos me observaba, con esas formas irregulares, imperfectas y que, al contrario que los tulipanes convencionales, no llamaban la atención: la exigían.

Y no tardaron en llegar las primeras intervenciones de sorpresa. Lo que más llamó la atención fue la mezcla de colores en cada pétalo, que no era idéntica en ningún ejemplar. Sin embargo, cada uno era excepcional. El bullicio habitual de la floristería se alzaba a mi alrededor. Clientes entrando y saliendo, las voces de mis padres de fondo, el tintineo de la campana cada poco tiempo... Sin embargo, yo sentía que el tiempo se había detenido. Toda mi atención había sido absorbida por aquel rincón y no podía esperar a la llegada de ese chico.

Necesitaba que le gustasen, no podía evitarlo.

Miré el reloj por primera vez en todo el día.

Jasper solía llegar pasado el mediodía. Siempre más o menos a la misma hora, como si su rutina estuviese marcada por un ritmo que yo todavía desconocía. Y había aprendido a reconocerla.

Continué atendiendo clientes, ofreciendo mis mejores recomendaciones y compartiendo todo lo que sabía sin dejar de vigilar la puerta. Cada vez que sonaba levantaba la mirada, y mi pecho se desinflaba apenas un poco cuando me saludaba otra voz.

Hasta que lo vi aparecer.

Bajo el abrigo llevaba un jersey rojo de cuello redondo, y en su momento sospeché que lo había elegido intencionalmente. Su sonrisa brillaba un poco más que la tarde anterior y sus ojos se clavaron en mí incluso a través del escaparate.

Los nervios me alcanzaron irremediablemente y, como si hubiese disminuido la velocidad a mi alrededor, lo vi acercarse a cámara lenta. En cuanto se topó con un estante repleto de tulipanes, su mirada se transformó al completo.

Me acerqué.

Se quedó en silencio, observándolos, y me di cuenta de que esta vez era distinto. Esta vez, no se trataba de un simple tulipán.

—Lo has conseguido... —murmuró, con la voz un tanto endeble.

—Ha sido difícil. —Elevé los hombros, intentando restarle importancia—. Pero ha merecido la pena.

—Nunca había visto uno en persona. —Me clavó la mirada, como si me estuviese solicitando permiso, y asentí sin pensarlo.

Jasper eligió uno de ellos: cada uno de los pétalos resultaba de una mezcla asombrosa de rojo y rosa, más oscuro en el centro, y a medida que se acercaba a los bordes, ondulados, se desvanecía en tonos naranjas y amarillos como el mismo fuego.

—Es increíble —suspiró. Sus ojos, de repente, se aguaron, y no me atreví a añadir nada—. A Liva le va a encantar.

—¿Liva? —Ahora sí me devolvió la mirada, y parecía a punto de romper a llorar.

—Ella es la chica. —Intentó sonreír, aunque la emoción apenas se lo permitió. Sus manos temblaban ligeramente y, en ese momento, quise entenderlo todo—. La chica de los tulipanes.

Sonreí, logrando en él una pequeña carcajada que provocó que se escapase una de sus lágrimas. Mi corazón se encogió.

De golpe. Dejó de latir.

—Tiene buen gusto —aseguré, en el mismo tono que él, temiendo romper esta especie de armonía.

Jasper asintió con mucha seguridad y, de nuevo, sus ojos viajaron hasta el tulipán. Lo observaba como si realmente estuviese viéndola a ella. Sus pupilas tintineaban.

—Es una chica muy especial. —Otra de sus lágrimas lo traicionó en cuanto me miró. Tragué saliva, sintiéndome incapaz de hacer nada—. Te encantaría conocerla.

—Espero hacerlo algún día.

Sorbió por la nariz. Su pulso temblaba mientras sujetaba la flor.

—Tenéis la sonrisa muy parecida.

Eso me pilló desprevenida, por eso no supe cómo reaccionar. Pero él no lo tuvo en cuenta, continuó sonriendo en mi dirección y se acercó el tulipán a la nariz para comprobar su aroma.

—Gracias, Lelie.

Sus palabras temblaron y fueron la razón por la que no pude quedarme quieta más tiempo. Corté la distancia y, sin saber cómo reaccionaría, me abracé a su pecho con fuerza. Sentí que lo necesitaba. Su corazón latía muy rápido y su olor no tardó en rodearme por todas partes. Se mantuvo inmóvil unos segundos hasta que sus brazos se aferraron también a mí y mis comisuras se elevaron, en silencio.

—He comprado bulbos, así que podrás llevarte un tulipán loro siempre que quieras. —Impuse distancia, sin despegar mi mirada de la suya, y me sentí la mejor persona del mundo tan solo observando su expresión.

Me di cuenta, entonces, de que perdía la mirada a mi espalda, y pude deducir que comenzaba a darle vueltas a la cabeza. Entonces, sus dientes arañaron su labio inferior, confirmando su nerviosismo.

—¿Estás bien? —Conseguí recuperar su atención. Su rostro había palidecido.

El silencio se alargó y se volvió muy pesado mientras retorcía sus palabras en la lengua.

—Me gustaría... que me acompañaras —murmuró, aunque no parecía seguro del todo—. Entregarle juntos la flor.

Mi sorpresa fue tan notoria que sus nervios empeoraron. Su nuez descendió a trompicones.

—¿Lo dices de verdad?

Asintió, cabizbajo.

—Solo si... quieres. —Ahora trató de sonar más convincente.

Sonreí.

—Claro, me muero por conocerla.

Me esquivó la mirada, todavía brillante y temblorosa. Esperó a que me quitase el delantal y mi madre nos sonrió a través del cristal en cuanto salimos.

Anturios

Gracias por los bombones, cariño, llevo toda la tarde luchando para no comérmelos todos.

Me encanta San Valentín, creo que tiene algo especial. ¿No crees? Veinticuatro horas para recordarte lo mucho que te quiero.

Hoy el blog también ha sido especial, han presentado la flor del amor: el anturio. Es una pasada porque sus hojas rojas tienen forma de corazón, como si hubieran sido creadas a propósito. En realidad, he leído que sirven para proteger la espiga central, llena de florecillas. Pero no deja de ser alucinante.

Espero que algún día llenemos nuestra casa de anturios, así nos acordaremos siempre de lo mucho que nos queremos.

Feliz San Valentín, cariño.

Te quiero.

La chica de los anturios.

Margaritas

Lleva todo el día lloviendo. Cuando me he levantado, mi ánimo ha decaído un poco, pero me he acabado acostumbrando y, tal y como te prometí, sigo intentando cambiar de perspectiva. Por eso, he acabado encontrando entretenido el golpeteo de las gotas en la ventana. He imaginado que competían por llegar primero al alféizar y me han recordado a tu sobrina el día de su cumpleaños, cuando le regalamos aquel caballito de palo y se pasó la tarde correteando por el jardín.

Cuando la veas, recuérdale que la quiero mucho.

Respecto al blog, la entrada de hoy hablaba de las margaritas, y coincide que mamá me ha traído un ramo —aunque de plástico—, por eso, me he animado a leerla.

Si tuviese ahora mismo una de verdad, lo comprobaría, pero he descubierto que en realidad no es una única flor, sino que está formada por miles y miles de flósculos agrupados en el centro.

¿No te parece una pasada?

He intentado sacar mis propias conclusiones sobre eso, así me animo un poco, y he convertido ese dato en una oportunidad más para mí: tengo entre treinta y cuarenta billones de células, por lo que si algo va mal, no significa nada, ¿no crees?

A lo mejor es una locura, pero ha conseguido sacarme una sonrisa. Hazlo tú también, no lo olvides.

Te quiero.

La chica de las margaritas.

CAPÍTULO 7

Un corazón entre la humedad

—Tenemos que coger el coche —me informó, en voz muy baja—. Espero que no te importe.

Negué con la cabeza. Caminaba a su lado y solo podía fijarme en cómo protegía el tulipán con sus brazos, como si temiera que el viento lo echase a perder. Su mandíbula tensa y sus labios agrietados.

Algo había cambiado.

Alcanzamos su coche, aparcado unos metros más lejos de la floristería, y me abrió la puerta del copiloto para que entrase primero. Era de color negro y el chasis brillaba como si fuese nuevo. Dentro, el ambientador dejaba un rastro dulce.

Jasper se sentó frente al volante sin siquiera desprenderse del abrigo, con la mirada fija en sus propias manos. Me tendió el tulipán sin fijarse mucho en él y arrancó el vehículo, en completo silencio.

—¿Seguro que estás bien?

Clavé la mirada en su perfil, tenso como una mimosa púdica. Pasados unos segundos, asintió y forzó una sonrisa en mi dirección que no se sintió nada natural.

—Puedes poner la radio —me informó, aunque ni siquiera había preguntado.

Sentí que él lo necesitaba, entonces le hice caso. Al momento, Coldplay se apoderó de nuestros pensamientos con su «ALL MY LOVE». Desvié la vista por la ventanilla y me di cuenta de que nos alejábamos del centro de la ciudad, atravesando sus canales y dejando atrás la bulliciosa Estación Central.

—Me gusta esa canción —lo oí decir entonces, atendiendo a la carretera mientras se desviaba hacia Ámsterdam-West. Por primera vez en todo el viaje, sonreía de verdad.

Le di la razón, concentrándome ahora en el grupo de música mientras trataba de averiguar qué le había conmovido.

Pasados unos diez minutos, Jasper tampoco detuvo el coche en los últimos kilómetros del núcleo urbano, sino que siguió avanzando. Eso me extrañó y alterné la mirada entre él y el reflejo del retrovisor.

—¿A dónde vamos? —dudé. El paisaje comenzó a cubrirse de verde, grandes hileras de olmos bordeaban la calzada y el viento arrastraba las hojas sobre el arcén.

Algo iba mal.

—Ya te lo he dicho —intentó tranquilizarme, aunque no fue suficiente.

El sol apenas encontraba hueco entre las ramas y la carretera se transformó en una vía mucho más sombría. El cielo agrisado y la humedad flotando en pequeñas gotitas que humedecieron mi ventanilla.

—¿De verdad vives por aquí?

No dejaba de atender a mi alrededor, sin comprender absolutamente nada. Jasper, por su parte, ni siquiera respondió.

En cuanto bordeamos los prados de turba y múltiples aves rapaces sobrevolaron nuestras cabezas, comencé a sentir una opresión en el pecho. Los humedales enfriaban todavía más el ambiente y las lunas del coche parecían luchar contra el vaho.

Mi corazón se detuvo en seco y todas las dudas quedaron resueltas en cuanto, después de casi veinte minutos, Jasper apagó el motor. No se oía nada más que el piar de los cernícalos y el silbido del viento, y no me atreví a levantar la mirada y ni siquiera a salir del coche, porque sabía que me echaría a llorar.

—Jasper. —Mi voz sonó ahogada y él se detuvo, con la mano apoyada en la manilla, justo antes de salir.

Ni siquiera me salían las palabras, solo podía vislumbrar el muro de ladrillos rojizos, colocados de forma ordenada a lo largo de todo el recinto.

Él sonreía, pero sus músculos acumulaban tanta tensión que me di cuenta de que solo lo hacía para camuflar su dolor.

—¿Por qué no me lo dijiste? —musité. A pesar de mis intentos por evitarlo, mis ojos se empaparon y me cubrí con la manga del abrigo antes de que las lágrimas se deslizasen por mi piel.

—No olvides el tulipán —fue lo único que emitieron sus cuerdas vocales. Salió del coche y cerró la puerta tras de sí.

El corazón me sacudía las costillas.

Hortensias

Mi yo de hace unos días ya se habría rendido, lo sé. Pero aquí sigo: cambiando de perspectiva.

He podido intuir ese brillo triste en tus ojos justo antes de salir. Puede que suene un poco egoísta, pero te agradezco que fueses capaz de evitarlo frente a mí. Cada día la sonrisa se me atiranta un poco más, pero todavía intento mantenerla.

No sé cómo soy yo a tus ojos, y evito pensar que, con el paso de los días, voy perdiendo todas esas cosas que tanto te gustaban de mí. Hoy ha sido el pelo, pero me alegro de que estuvieses a mi lado y, sobre todo, que me sonrieras a través del espejo.

Es difícil, eso seguro que lo sabes. Pero sé que lo conseguiremos, juntos.

Puede que resulte un poco masoquista, pero la curiosidad ha podido conmigo y he necesitado ponerme a buscar. Siempre me decías que adorabas mis rizos y he encontrado una flor que, quizás, consiga traerte todos nuestros buenos recuerdos.

Es la hortensia rizada. Sus pétalos se enrollan hacia dentro y consiguen ese efecto. Por lo demás, no dista mucho de las demás. ¿Sabías que estas flores cambian de color según la acidez del suelo?

Cada día estoy más convencida de que la naturaleza es asombrosa.

Pero tú lo eres todavía más. Gracias por quedarte a mi lado.

Te quiero.

La chica de las hortensias.

Recuerdos

13 de febrero de 2026 - 22:58

Las heridas que más duelen son las que no se ven, pues son las más difíciles de curar.
Y no creo que el tiempo lo cure todo, sino el recuerdo.
Recordar es bonito. Es sano.
Recordar es regresar a donde fuiste feliz.
Porque cuando los pensamientos no son buenos, aparecen sin esfuerzo.
Y el esfuerzo sí que lo cura todo.

CAPÍTULO 8

La chica de los tulipanes

En cuanto puse ambos pies en el suelo, la piedra helada rozó la suela de mis botas y creí que no sería capaz de dar un paso. Jasper me esperaba de pie junto al cartel que tanto había evitado leer, en vano.

El cementerio de Santa Bárbara recibió al chico de los tulipanes un día más en medio de esa rutina que no tardé en deducir. Mientras tanto, yo abrazaba el nuevo ejemplar, con miedo a que cayese al suelo por el temblor de mis manos. Él caminaba un poco más adelantado y aminoró el paso para colocarse a mi altura.

Bordeamos la capilla, que recibía las expresiones apenadas de todo aquel que nos rodeaba. El sol había desaparecido y el frío me caló hasta los huesos.

—Jasper —lo llamé, aunque me costó un mundo levantar la mirada—. Lo... lo... siento mucho.

Él volvió a sonreír y me resultó bastante tranquilizador, aunque el gesto no fuese del todo sincero. Me abroché el abrigo hasta arriba y me encogí un poco, preservando el calor. En lugar de seguir avanzando, me abrazó por los hombros, pegando mi cuerpo al suyo por completo.

No volví a decir ni una sola palabra. Caminé junto a él sobre los caminos de grava, cercados por lápidas de mármol, piedra o incluso solo tierra, que se alzaban a ras de suelo. Me alegró vislumbrar los vivos colores de las flores sobre la mayoría de ellas.

De pronto nos detuvimos y pude leer el nombre de esa chica en el epitafio: *Liva Rozenberg*. Mi corazón se hizo añicos cuando continué: *catorce de mayo de 2025, veintiún años.*

Las lágrimas escaparon solas de mis ojos, en completo silencio. Sorbí por la nariz y eso atrajo la atención de él. Examinó mi expresión durante unos segundos y cuando creí que se echaría a llorar, me atrajo más hacia sí, llenando el espacio tan solo con su respiración. Nada más separarse, suspiró y, sin esperarlo, comenzó a hablar.

—He vuelto, cariño —pronunció, con una claridad que no había anticipado. Su voz suave y delicada no tenía nada que ver con la que había oído las últimas semanas, y eso me rompió todavía más—. Hoy es tu día favorito del año, y también el primer San Valentín sin ti. —Se sentó en el suelo, sobre miles de piedrecitas, y yo decidí hacerlo con él, dispuesta a colaborar dentro de su normalidad.

Sus ojos se deslizaron de nuevo hasta mí y su sonrisa pareció real, tanto que se la devolví.

—Esta es Lelie, la chica de la que te hablé. —Los latidos de mi corazón se mezclaban con su voz—. Ha conseguido encontrar tu flor favorita y pensé que te gustaría conocerla.

Me tragué las lágrimas, en completo silencio, y en cuanto Jasper se fijó en la flor que aún sostenía, supe que era mi turno. Me incorporé y la apoyé sobre la piedra, junto a una cestita donde reposaban todas las anteriores. El aire se me antojó insuficiente al encontrar cada uno de mis tulipanes allí: algunos marchitos, otros que todavía conservaban parte del color; pero no faltaba ni uno.

—Nunca creí que encontraría a alguien que amase tanto las flores como lo haces tú. —El hecho de que hablase en presente, como si todavía compartiese tiempo con ella, me oprimió el corazón—. Pero creo que, esta vez, ella se lleva la victoria.

Emitió una pequeña risa mientras me miraba que terminó por contagiarme. De nuevo, se incorporó y lo observé mientras se acercaba al nombre de la chica, se besaba la mano y, a continuación, acariciaba cada letra muy despacio, como si no fuesen simplemente letras.

El sabor salado regreso a mis labios y contemplé la escena con la vista nublada, sin ser capaz de pestañear.

—Sigo sonriendo, tal y como te prometí —bajó el tono.

Y creo que esa frase fue la que terminó por romperme. Porque había sido testigo día tras día de cómo sus labios se curvaban ante cualquier mínimo detalle. Porque me di cuenta de que hacía casi un año que Jasper había perdido a la persona más importante de su vida y todavía la visitaba a diario. Porque su único objetivo había sido, desde el principio, seguir haciéndola feliz.

Deshicimos nuestros pasos con la única interrupción de mi respiración entrecortada. Él parecía mucho más tranquilo, como si ya no tuviese nada de lo que preocuparse. El aire sacudía las hojas de los sauces llorones y arrastraba la arenilla. Nuestros pasos resonaban a cada zancada y se volvieron silenciosos cuando alcanzamos de nuevo la capilla. El frío de la piedra volvió a atravesarme los pies y me estremecí. Jasper me atrajo más hacia sí.

Nos detuvimos de nuevo frente al coche. El silencio no se sentía denso, pero tampoco ligero; cargaba con todas mis lágrimas y, al mismo tiempo, con cada una de sus sonrisas. Antes de entrar, Jasper se acercó de nuevo a mí y, en un rápido movimiento, me cubrió con su abrigo. Abrió mi puerta para que me sentara e hizo lo mismo en su lado del vehículo justo antes de encender la calefacción.

En lugar de arrancar, se inclinó hacia mí. Mi pecho se contraía, en silencio.

—Gracias —murmuró. Extendió las manos y limpio todas y cada una de mis lágrimas, acariciando mis mejillas en un gesto que remató en mi mandíbula.

La ahuecó durante unos segundos y sentí la calidez de sus labios en mi frente un instante antes que el rugido del motor.

Flor de loto

Ya te llamé nada más me informaron, pero quería dejarlo también por escrito: hoy ha llegado mi nueva compañera.

Siendo realista, ni siquiera esperaba que sucediese algo así, y no sé si termina de agradarme. En cuanto ha aparecido, con la cánula en la nariz y arrastrada por su padre en una silla de ruedas, he pensado «Por fin, se acabó la soledad». Sin embargo, con el paso del tiempo, ese que intento valorar como el oro, mi cabeza no ha parado de dar vueltas.

El no tener a nadie físicamente al lado también se ha convertido en parte de mi rutina, y ahora que comenzaba a disfrutar de ese «Tiempo para mí», temo que me lo arrebaten.

Sinceramente, ya he perdido demasiadas cosas. Espero que me permitan conservar eso.

Y espero no perderte nunca.

La verdad es que ese blog se está convirtiendo en mi pequeña ventana al mundo real, y lo que han colgado hoy ha logrado incluso despertar mi ilusión. Y no miento si digo que creía que ya no existía.

Hablaba de la flor de loto, y aunque ya había oído algo sobre ella, ahora se ha convertido en una de las más especiales para mí. Resulta que crece entre el lodo, en pantanos y atravesando las adversidades. Y no conforme con eso, la naturaleza la dotó de una apariencia radiante y demasiado perfecta, como si ni siquiera fuera real. Quizás, el haber superado todas esas dificultades es la razón por la que florece tan espléndida.

Eso me ha dado un poco de esperanza.

Cuando salga de aquí, prométeme que veremos flores de loto juntos.

Te quiero.

La chica de la flor de loto.

CAPÍTULO 9

Una cena especial

Ámsterdam centro nos recibió con un incipiente atardecer. Los últimos rayos del sol se reflejaban sobre el agua de los canales y los edificios de colores rodeaban ambos lados de la carretera.

Jasper tarareaba cada una de las canciones que sonaban en la radio y daba golpecitos al volante al ritmo de la música. La cicatriz del día anterior apenas era visible en su dedo índice, aunque podía distinguirse un tono más oscuro en su piel. Se respiraba tranquilidad y, sobre todo, una sensación de comodidad que necesitaba más que nada.

Se detuvo frente a mi casa. La floristería ya estaba cerrada y la luz emanaba de las ventanas del primer piso. Apagó el motor y nos quedamos en silencio, pero ninguno se movió.

—San Valentín también es mi día favorito del año —reconocí, recordando su conversación en el cementerio. Giró la cabeza en mi dirección y yo le mantuve la mirada, aliviada por el hecho de que toda su tensión hubiese quedado relegada al recuerdo. Me dio la impresión de que tan solo le apetecía escuchar, por eso continué—: Siento que es un día en el que todo el mundo deja de pensar en sí mismo y solo importan los pequeños detalles.

—Como las flores.

—No. —Sonreí, pues sabía que esa sería su respuesta—. Como lo que significan las flores.

Jasper soltó una pequeña carcajada, recriminándose por haber cometido ese fallo ahora que comenzaba a conocerme.

—Por eso me gusta mi trabajo. —Desvié la mirada por la ventanilla, hacia Bloemen, que yacía en silencio, con la verja echada—. Para mí, cada flor es como la última pieza del puzle. Solo tengo que encontrar el sitio en el que encaja mejor.

El silencio se extendió un par de minutos, que aprovechó para darle vueltas a la cabeza. Cada vez que lo hacía, se arañaba el labio inferior.

—Oye... —Carraspeó y, de nuevo, sus palabras ganaron un aire inseguro—. ¿Te apetece hacer algo... especial? Antes de que acabe el día.

Lo enfrenté, sorprendida, aunque emocionada porque era lo que había deseado. Sus pupilas me atendían, enormes por la escasa iluminación.

—¿Invitas tú? —bromeé. Ambos soltamos una carcajada.

Y creo que esa fue la respuesta que estaba buscando, porque enseguida volvió a arrancar el coche. Ya apenas quedaba rastro de la luz del día y, en su lugar, la luna resplandecía en lo más alto, redonda y perfecta, y parecía que se movía con nosotros.

—¿Tienes hambre? —Me observaba por el rabillo del ojo, por eso pudo presenciar cómo crecía mi emoción ante su pregunta.

—¿McDonald´s? —Sonreí.

Jasper frunció el ceño, con una mueca tan extrañada como divertida.

—No era lo que tenía en mente, pero... ¿a quién no le gusta el McDonald's?

Ladeó la sonrisa y rápidamente cambió de dirección.

A los pocos minutos, la enorme eme amarilla se alzó frente a nosotros. Él disminuyó la velocidad en cuanto entramos en la explanada del parking y ambos nos sorprendimos ante la gran cantidad de coches.

—Creo que no hay sitio. —Se mantuvo atento por ambos retrovisores mientras hablaba.

Lo cierto es que me apetecía mucho compartir esto juntos, y no pensaba volver a casa sin más.

—Cenemos en el coche.

Al momento, se giró en mi dirección, con las cejas enarcadas.

—¿Lo dices en serio?

—Claro.

Mi ilusión provocó en él una carcajada y, sin ser capaz de negarse, se colocó en la cola del *McAuto*. Apenas un par de coches habían llegado antes que nosotros, por lo que la espera no se alargó demasiado. En ese tiempo, me di cuenta de que, de vez en cuando, me observaba por el rabillo del ojo, y tuve la impresión de que comenzaba a sentir lo mismo que yo.

Mientras esa sensación tan nueva como extraña me hacía cosquillas en el estómago, me pregunté si al suyo le pasaría lo mismo. También quise entender qué significaba todo esto.

—¿Qué quieres? —me preguntó, nada más detenerse junto a la ventanilla de pedidos.

Pestañeé un par de veces, aturdida.

—Helado. —Conseguí que se riera, y ese sonido se quedó atrapado en mi pecho. Me analizó sin dar crédito y negó con la cabeza, irónico, pues su abrigo aún me envolvía por completo—. Lo digo en serio —reí.

—¿Qué más?

—Em... —Asomé la cabeza al exterior para leer mejor la pantalla—. Un muffin de caramelo.

Se llevó los dedos al puente de la nariz y ambos reímos.

—¿Vas a cenar solo dulces?

—¿No habíamos quedado en que sería especial? —Elevé los hombros.

Permaneció inmóvil, inclinado en mi dirección, y reaccionó de golpe dirigiéndose al micrófono.

—Muy bien pues... —Asomó la cabeza— póngame dos porciones de todos los dulces de la carta, por favor.

En cuanto cerró la ventana del coche, con expresión victoriosa, mis palabras escaparon en una carcajada:

—¿Qué has hecho?

Elevó los hombros, sin necesidad de dar una explicación.

—Feliz San Valentín, Lelie. —Avanzó en la cola hasta el punto de recogida—. Espero que tengas hambre.

Desde el momento en el que uno de los empleados se asomó con la primera bolsa, realmente creí que no pararía. Todo fueron risas mientras acomodábamos la comida sobre mi regazo, deleitándonos ante el olor que desprendía.

Jasper condujo hasta una zona menos transitada y detuvo el coche justo al lado de uno de los canales, desde donde las vistas a la ciudad en plena noche eran dignas de admirar. La mayor parte de la población dormía y el silencio que nos rodeaba contribuyó a esa sensación tan mágica.

Se desabrochó el cinturón y reclinó un poco el asiento para poder acostarse; yo lo imité. Ni siquiera podían verse las estrellas, pues el cielo estaba cubierto de nubes. Además, los cristales no tardaron en empañarse por el calor de la calefacción. Y a pesar de todo, lo disfruté como una niña pequeña, rodeada de dulces y junto a un chico que, aunque no hacía mucho que había conocido, me había dado cuenta de que quería mantenerlo en mi vida.

No tuve la necesidad de interpretar nada. No quise buscar el significado de mis propios sentimientos. Tan solo masticamos juntos, en silencio.

Prestando atención a sus gestos, me di cuenta de que volvía a darle vueltas a la cabeza, entonces hice lo que sabía que funcionaba: encendí la radio. Sus ojos fueron directos hacia mí y una diminuta sonrisa comenzó a nacer en sus labios. Sin embargo, esta vez conecté mi móvil al coche, dispuesta a elegir la mejor canción:

—Esta es mi favorita. —Subí el volumen mientras Myles Smith cantaba «Nice To Meet You» y ambos nos mantuvimos atentos.

La tarareé en voz baja hasta que sentí sus ojos clavados en mi perfil, entonces me detuve y le mantuve la mirada. El calor ascendió hasta mis mejillas y algo cambió en el propio aire que ambos respirábamos, pues se volvió tan denso que parecía aplastarnos. Bajé el volumen, sabiendo que diría algo.

—¿Puedo saber... qué es lo que sientes? —Apoyó la cabeza en el respaldo, con su bollo aún entre manos.

Su pregunta me pilló desprevenida y guardé silencio unos segundos, intentando encontrar las palabras adecuadas. Clavé la mirada en el techo y tragué el bocado que había estado masticando.

Dejé escapar el aire antes de hablar.

—Tengo la impresión de que... en realidad, te conozco de toda la vida. Como si siempre hubieses estado ahí. —Sonreí, él me prestaba toda su atención—. Y he encontrado un sitio donde siento que encajo.

—¿Dónde?

—Aquí. —Moví la cabeza en todas direcciones, a nuestro alrededor—. Ahora.

El olor de los dulces inundaba el interior del coche, hacia fuera no se veía nada porque el vaho había construido su propia cortina de intimidad y el silencio se sentía diferente.

Jasper suspiró en una sonrisa, atrayendo de nuevo mi atención. Le ofrecí la bolsa de los cruasanes y, al tiempo en el que se servía uno, decidió continuar hablando:

—Pues yo siento que... —Le dio un mordisco a la masa mientras pensaba. Teniéndolo tan cerca, me fijé en el movimiento que hizo su garganta al tragar— eres alguien especial.

—¿Qué? ¿Por qué? —Interrumpí los movimientos de mi boca, sintiendo cómo esa sensación del fondo de mi vientre se expandía por todo mi cuerpo.

—Porque consigues que cenar pasteles en mi coche se convierta en mi plan favorito.

Reímos a la par, pero esta vez pude distinguir la verdad detrás de sus palabras.

Con la música de fondo, terminamos de comernos todos los dulces tan solo para sentir que alargábamos la noche.

En cuanto los 2:56 minutos que duraba la canción llegaron a su fin, el silencio nos envolvió.

Entones, Jasper abrió la puerta.

Lo seguí con la mirada mientras avanzaba, hasta el muro del puente y me aferré a la cazadora nada más me acarició el viento helado.

—¿Vienes? —Su tono fue divertido. Sonreía.

Nada más acercarme a él, encogida en mí misma, me hizo un hueco a su lado. La luz amarillenta de la farola que se alzaba a nuestro lado era la única fuente de iluminación.

—¿Cómo decías que se llamaba tu canción? —Se coloco de frente a mí.

Sin comprender del todo sus intenciones, le mostré la pantalla del teléfono. En ese momento, Jasper pulsó el botón de reproducción. Divertido, me ofreció la mano, alzándola entre ambos, y arrugué el ceño.

—¿Te gusta bailar?

—¿Qué? —El aire se me escapó en una risa. Él me imitó—. Yo... no sé...

—Todo el mundo sabe. —Me arrebató el teléfono, subió el volumen y se lo guardó en el bolsillo.

Insistió hasta que mi mano estuvo sobre la suya y, un instante después, dio un paso hacia atrás y tiró de mí. Comenzó a moverse, intentando seguir el ritmo, pero sin preocuparse demasiado ni romper el contacto. En cuanto provocó que girase sobre mí misma, solté una carcajada y decidí seguirlo. Me di cuenta de que tan solo intentaba despejarse, olvidar.

Cada nota acompañaba a nuestra divertida torpeza y no pensé en nada más, tan solo reí. Reí mientras me daba vueltas. Reí mientras me sostenía en el aire. Reí mientras él lo hacía conmigo y hasta que nuestros pasos se acompasaron a la perfección.

El frío dejó de existir y solo estaba él. Él y ese olor dulce que desprendía y que me abrazaba por todas partes. Él y cada palabra de mi canción favorita. Él.

Y no fue hasta que sonaron los últimos acordes y su respiración agitada me acarició las mejillas, que sentí un nudo en el estómago.

Tragué saliva.

Su corazón latía tan rápido como el mío y me pregunté si, en otra situación, también lo haría.

Feliz San Valentín

14 de febrero de 2026 - 23:50

El amor no mueve montañas.
Eres tú quien lo hace.
Porque no necesitas a nadie para quererte. Primero debes hacerlo tú y aparecerá la persona correcta.
Feliz San Valentín, nunca dejéis de quereros.

Buganvillas

El otro día estuve pensando que, cuando salga de aquí, ya no seré la misma persona. Y no sé si eso es bueno. Supongo que, como dicen por ahí: «de todo se aprende». El problema es que no quiero aprender de esta manera.

Eso de «cambiar de perspectiva» se me está haciendo un poco cuesta arriba. Cada vez que me miro al espejo, no sé dónde está la chica que entró aquí. Ni siquiera reconozco mis propias manos; tan solo veo un puñado de venas y... huesos, y ya ni siquiera tienen ganas de sostener el bolígrafo.

Pero lo hago por ti.

Porque pensar en ti hace que olvide el gotero que me sigue a todas partes, o el pañuelo que todavía no he aprendido a atar correctamente.

Pensar en ti consigue que, por un instante, reviva los inviernos paseando bajo la nieve o aquella vez que nos perdimos en el metro. Aunque te vea casi a diario, necesito recordar tu sonrisa sincera y cómo te brillaban los ojos cuan-

do me mirabas, o todas las veces que me suplicabas un gofre de chocolate.

Supongo que a ti te pasará lo mismo; pero me da miedo pensar que esa chica que habita en tus recuerdos ahora mismo no sea más que una expectativa.

Pero intento seguir sonriendo y florecer radiante, a pesar de todo.

Lo he aprendido de la buganvilla. No sé si se puede admirar a una flor, pero yo quiero hacerlo. Se dice que esta planta «ama el estrés»; en un principio no me pareció que tuviera mucho sentido, pero ahora lo veo claro: cuando se somete a condiciones extremas —como poca agua, calor, etc...— florece abundantemente.

En realidad, no es más que un mecanismo de supervivencia, pero me ha dado que pensar.

En esas situaciones de debilidad produce sus llamativas brácteas, de múltiples colores, y atrae a los insectos polinizadores. Así se asegura de poder reproducirse.

Gracias a eso estoy intentando buscar algo a lo que aferrarme e intentar... llenarme de vida aquí dentro.

Te quiero.

La chica de las buganvillas.

CAPÍTULO 10

Una ilusión

Al día siguiente, el chico de los tulipanes se presentó en Bloemen a la misma hora de siempre, pasado el mediodía. Esta vez, sin embargo, no se acercó directamente al mostrador, sino que permaneció en un lateral de la tienda, observando cómo atendía a los clientes del día.

Mis padres, desde el momento en el que apareció, no dejaron de echarle miraditas de reojo, como si sospechasen de algo que todavía no habían hablado conmigo.

Hoy se preveía una tormenta, y creo que fue el motivo por el que la campanilla sobre la puerta sonó menos veces de lo habitual. El cielo había adquirido un tono gris oscuro y resultaba imposible distinguir incluso cada nube.

—¿Cuál es el color de hoy? —En cuanto la cola llegó a su fin, se colocó frente al mostrador, con una sonrisa vacilante que consideré nueva en él.

—Esta mañana he recibido un nuevo pedido que creo que te gustará.

Alargué la espera solo para añadir emoción, pues había preparado la flor antes de que llegase y la tenía guardada bajo el mostrador. Disfruté de cómo cambiaba su expresión cuando le acerqué el tulipán negro, uno de los más inusuales.

—¿No es precioso?

Jasper sujetó el tallo, envuelto y rodeado con un lazo, y se lo acercó para apreciar el color.

—En realidad no es más que una ilusión de purpura oscuro.

—¿Y... qué significa?

Sonreí instantáneamente. Mi yo interior dio un saltito.

Antes de responder, recordé todo lo ocurrido la tarde anterior. Mi mente lo vivió de nuevo, con todo detalle: sus lágrimas contenidas, el nudo en el pecho y... su sonrisa; y creo que fue por eso que tuve la intuición de que, esta vez, había elegido mejor que nunca:

—Amor eterno.

Selló los labios de golpe. Por un instante creí que le había molestado y mi piel enfrió. Entonces, lo vi acariciar los pétalos y, de nuevo, recordé que había hecho lo mismo con aquellas letras. Cuando quise añadir algo más, él se adelantó:

—Gracias por hacer esto —murmuró, recuperando el tono suave.

—Me gusta hacerlo.

Su respuesta fue otra de sus sonrisas, de esas que ya formaban parte de su esencia, y solo pude devolvérsela.

Lo seguí con la mirada hasta que cruzó el paso de peatones y le perdí la pista. Minutos más tarde, rompió a llover como si no hubiera ocurrido en años. El viento sacudía el toldo y pareciera que saldría despedido, por lo que tuve que apresurarme a recoger las plantas del exterior.

En la radio anunciaron que el temporal se extendería durante varios días y no me quedó más remedio que cerrar antes esa noche, y refugiarme en mi habitación mientras imaginaba la situación de Jasper; ahora que ya sabía dónde pasaba cada tarde, mi corazón se encogió.

Bolas de granizo golpeaban mi ventana y las nubes, casi opacas, obligaron a la claridad a esfumarse antes de tiempo. Deseé, de forma egoísta, que ese chico no se hubiese marchado, pero entendí que lo hiciera. Pensé en aquella chica y se me escapó una sonrisa.

Antes de dormir, me desahogué en el teclado. La última vez que lo había encendido había volcado todo mi interés en el aloe vera. Hacía tiempo que lo había dejado abandonado, pero había decidido retomarlo hacía unas semanas y me alegró comprobar que las palabras fluían solas.

Esa noche me centré exclusivamente en el color negro, en las ilusiones y... mientras los primeros truenos me obligaron a subir el volumen de la música, decidí escribir también sobre ellos. Titulé ese día como «tulipanes negros», y no tardé en preguntarme el porqué de su significado, si todo lo oscuro parecía traer problemas.

CAPÍTULO 11

Ausencias

Las fuertes lluvias no cesaron ni siquiera al amanecer. Los desagües no parecían suficientes y el agua llegaba al suelo a trompicones, las alcantarillas comenzarían a levantarse, como había ocurrido el invierno pasado, y no había ni un alma en la calle. Eso significaba que tampoco habría movimiento en la floristería.

Los medios de comunicación no tardaron en enviar mensajes de alerta y me perdí unos cuantos porque los plomos de todo el edificio saltaron en más de una ocasión.

Por esa razón, mamá y yo nos encontrábamos sentadas en el suelo de la trastienda, en penumbra salvo por un par de linternas. Nuestros pantalones habían oscurecido, llenos de humedad, pues el agua había comenzado a amontonarse y a colarse bajo la puerta y no nos había quedado otra opción que taponar el umbral con un par de toallas. Fuera el viento silbaba con fuerza y realmente parecía que los cristales se vendrían abajo.

Mientras tanto, papá se había reunido con el jefe de la comunidad y juntos intentaban recuperar la electricidad.

Ese fue el primer día en el que Jasper no acudió, y su ausencia se sintió extraña después de todo este tiempo.

Sin embargo, lo que no esperaba era que al segundo tampoco lo hiciera. Ni al tercero. Ni al cuarto.

Y cuando se cumplió una semana y su carisma ya no llenaba los huecos de cada rincón de Bloemen, comenzó a pesarme. Y a preocuparme.

—Faltan cinco euros.

—¿Ehm?

—Que faltan cinco euros. —Una señora con cara de pocos amigos sacudió un billete frente a mí. Su ceño se frunció después de un par de repeticiones—. Me ha dado mal el cambio.

De golpe, apoyó el dinero sobre el mostrador, provocándome un respingo involuntario.

—Sí... em... perdona. —Abrí la caja registradora con una creciente sensación de malestar—. Ahora mismo se lo...

—Aquí tiene. —Fue mi madre, justo detrás de mí.

Me mantuve inmóvil durante todo el proceso, como si pudiese observar la escena desde fuera. En cuanto la anciana salió por la puerta, con su bolsa repleta de cactus, mi madre atrajo mi atención, con el ceño fruncido.

—Lelie. —Apoyó su mano en mi hombro y mi cuerpo dio otro saltito—. ¿Te encuentras bien? Es la tercera clienta que sale de aquí rezongando, eso no es propio de ti.

—Sí, lo siento. —Me acomodé el delantal, como si de esa forma fuese a mitigar mi malestar interno, y agaché la cabeza—. Solo estoy... un poco dispersa.

—¿Es por ese chico? —Ese fue mi padre, que se asomó hasta colocarse también a mi lado, y sus palabras me pillaron desprevenida.

En lugar de negarlo, como creí que haría mi subconsciente casi de forma automática, apreté los labios, provocando que un silencio incómodo se extendiera entre nosotros.

—Hace días que no lo veo —acertó. Levantó la cabeza y fijó la mirada en cada punto de su alrededor, como si de pronto fuese a aparecer—. Se me acumulan los tulipanes.

Los tres soltamos el aire en una pequeña carcajada, no lo suficientemente intensa como para opacar la preocupación, pero fue liberador después de todo este tiempo.

—¿Creéis que le ha pasado algo?

Los dos alzaron los hombros, mirándose entre ellos antes de volver a reparar en mí.

Cuando era pequeña, solían rodearme de palabras de consuelo. Esta vez, sin embargo, me gustó que no lo hicieran, que fuesen sinceros conmigo.

—¿Qué hago?

—Sigue envolviéndolos. —Mamá me acarició la mejilla—. Volverá.

Desvié la vista hacia el cajón abierto del mostrador. Ahí había exactamente seis tulipanes, y pronto se uniría el séptimo, porque puede que esa se hubiese convertido en mi rutina y no quería que desapareciera.

Ausencias

18 de febrero de 2026 - 20:05

El blanco es la mezcla de todos los colores en luz, pero ausencia en pintura.
El negro es la ausencia de luz, pero un color en sí mismo en pigmentos.
Eso explica por qué puedes sentirte solo aun estando rodeado de gente.
O puedes sentir que tu propia compañía te completa.
La ausencia es subjetiva.

Petunias

Hoy he recibido malas noticias.

Después de la operación parecía que todo iba bien, he incluso creí que podríamos reunirnos pronto. Pero nada más lejos de la realidad. El médico acaba de informarme de que el tumor se ha diseminado y ahora no solo afecta a mis huesos. Supongo que nunca llegué a estar del todo limpia.

No quiero pensar en qué significa eso. Prefiero irme a dormir sabiendo que mañana vendrás a verme.

Tengo mucho miedo.

No tengo muchas ganas de escribir, pero siento que mereces conocer la flor de hoy: las petunias. Lo primero que leí es que llegaron a confundirse con el tabaco, y como no portaban las mismas propiedades, durante años fueron consideradas inútiles o... invisibles.

Y fíjate ahora, se han esparcido por todo el mundo.

Supongo que... nada es lo que parece.

El autor del blog ha colgado una foto del Canal del Príncipe. Esa estampa famosa de la bicicleta en el puente por la que se pelean los turistas. A los lados, colgaban las petunias.

Espero que te acuerdes de mí cada vez que pases por delante; y prométeme un paseo en bici por toda la ciudad.

Te quiero.

La chica de las petunias.

CAPÍTULO 12

Ocho

Lo envolví como un autómata.
Enrollé el lazo sin fijarme demasiado.
Lo observé como si fuese a extinguirse.
Y lo guardé en el cajón.

CAPÍTULO 13

El día nueve

Seguía lloviendo. Había llegado a plantearme si esta ciudad sería capaz de retener tal cantidad de líquido. Por lo menos, el tiempo parecía haberse equilibrado un poco y, de vez en cuando, se intuían los rayos del sol entre las nubes.

Entre cliente y cliente el tiempo de espera era bastante largo, y ya me había quedado sin cajones para ordenar o plantas que recolocar; por eso; había comenzado a perder el control de mis pensamientos. Por un momento llegué a plantearme que, a lo mejor, toda esta lluvia tan solo era una acción de simpatía con mis propias emociones. Bastante ridículo, pero consolador.

Un punto positivo era que había logrado recuperar del todo mi pasión por la escritura, y mi ordenador rebosaba de todas mis ideas disparatadas.

—Sí, sin problema. —Mi ánimo cayó de golpe al suelo y me costó incluso sostener el teléfono—. No se preocupe. Hasta otro día.

Colgué la llamada y, apretando el teléfono entre mis dedos hasta perder el color, me dejé caer sobre la silla. Bufé y retuve en mi lengua todas las palabras que amenazaban con salir, porque había clientes delante.

—¿Otro? —Mamá, agachada unos metros más lejos de mí, levantó la cabeza, interrumpiendo la poda de la gardenia, cuyas hojas habían pillado una infección.

Asentí, con los labios blancos por la presión. Era el sexto pedido que cancelaban en lo que llevábamos de mañana. La excusa había sido la misma en todas y cada una de las llamadas: llovía demasiado y preferían posponer la entrega.

¿Y qué hacía yo ahora con los ramos que había almacenados en la cámara frigorífica?

Bufé entre dientes, otra vez.

—¿Mal día?

Mis músculos se tensaron de golpe.

Levanté la cabeza y mi primer instinto fue fijarme en el reloj. Todavía no había pasado el mediodía.

Mi pulso se disparó hasta el punto de llegar a preocuparme.

Pestañeé una vez

Y luego otra.

Y otra.

Y mi mandíbula cayó.

Ahí estaba él.

Sonriendo.

Como si nada.

Después de... nueve días.

Llevaba puesta la capucha, pero supuse que no había sido de mucha utilidad porque, por debajo, asomaban algunos de sus mechones completamente empapados.

Mi primer instinto fue enfadarme con él, dar media vuelta y ni siquiera interesarme por su ausencia.

Pero yo no era ese tipo de persona.

Me levanté de un salto de la silla, sintiendo, a cada momento, mi corazón latir incluso más rápido. Y sin siquiera atender a mi alrededor, me abalancé sobre él y lo rodeé con los brazos. Las notas de canela llegaron de golpe a mis fosas nasales y hasta tuve la impresión de que mis pulmones se ensanchaban, dispuestos a retener ese aroma y no dejarlo escapar.

—Cuid... ¡*auch*!

Ese quejido del fondo de su garganta fue suficiente para que retrocediera, con los ojos abiertos de sorpresa. Y no de la buena.

Su ceño se arrugó.

—¿Estás bien? —Lo recorrí de abajo arriba, buscando algo distinto en él. Fue entonces cuando me di cuenta de que tan solo llevaba puesta una de las mangas del abrigo. La otra mitad simplemente lo envolvía, escondiendo su brazo.

Fruncí el ceño.

En ese momento, se retiró la capucha con su mano visible y mi rostro perdió el color. Una cicatriz cruzaba su frente, con una pinta que me erizó el vello, y su ojo yacía en el centro de un nubarrón violáceo.

—¿¡Qué ha...!? —Mis palabras murieron de forma repentina, por culpa del nudo en la garganta.

Se desabrochó el abrigo y descubrió una escayola que le cubría el brazo al completo, desde el hombro hasta la muñeca.

Me cubrí la boca con la mano, ahogando un grito, y no pude hacer nada más que analizar su estado, sin palabras.

—Lo siento... —murmuró. Habría elevado los hombros si uno de ellos no lo tuviera inmovilizado. El cabestrillo le rodeaba el cuello y parecía realmente incómodo.

—¿Qué? —Solté todo el aire, de sopetón, cargado de incomprensión.

—Que lo siento —repitió, como si mi problema hubiese sido no haberlo oído bien—. Por haberte dejado plantada.

Se me escapó una risotada, producto de los nervios.

—Jasper, ¿es una broma? —Volví a revisarlo. Seguía sin dar crédito—. ¿Tú crees que eso importa ahora? —Fui subiendo el tono. No estaba enfadada con él, sino con el mundo por haberle provocado eso—. ¿Te has visto la cara?

Asintió, sin más.

—¿Cómo puedes estar tan... ¡tranquilo!?

Corté la distancia por segunda vez, sin pararme a pensar en que estaba cruzando una línea que, tarde o temprano, comenzaría a desdibujarse. Sostuve su mandíbula entre mis dedos, obligándolo a inclinar la cabeza, y noté cómo los músculos de sus mejillas endurecían en un intento de sonrisa. Tampoco le di demasiadas vueltas a eso, ni a la extrema cercanía; me limité a mover su cabeza en todas direcciones para poder analizar el destrozo que se había hecho en la cara.

—¿Cómo te has hecho esto?

—Es... una larga historia.

Liberé el agarre y deslicé la mirada por todo nuestro alrededor, nada más que para confirmar que, con este tiempo, no había hecho más que perder clientes.

—Tengo tiempo.

Soltó una risotada, comprendiendo que no se libraría de mí tan fácilmente.

—Antes véndem...

—El tulipán, lo sé —lo corté, riendo—. No me he olvidado.

En lo que tardó en colocarse de nuevo el abrigo, guardé en una bolsa todas las flores que había estado almacenando.

—Acompáñame al coche.

—¿Qué? —Fruncí el ceño—. ¿Por qué?

—¿Siempre te lo preguntas todo?

—¿Por qué no?

Soltó una carcajada que inundó el local al completo. Yo le devolví una mueca victoriosa.

Echaba de menos esto.

Con el abrigo abrochado hasta el último botón y la bolsa colgando de mi hombro, cogí un paraguas y caminé tras él. En cuanto abrimos la puerta, el viento era tan fuerte que sacudió nuestras capuchas hacia atrás, casi al mismo tiempo, y ambos intercambiamos miradas de espanto.

—Va a ser mejor que no lo abras. —Clavó las pupilas en el paraguas y, sin siquiera responder, lo dejé en su sitio antes de salir.

Cruzamos la calle a todo correr, con la cabeza gacha para evitar que el viento nos arañase los ojos. Por suerte, no había aparcado demasiado lejos, pero para cuando nos acercamos al coche, ya estaba empapada de pies a cabeza.

En lugar de abrir la puerta, Jasper se detuvo, y, sin comprenderlo del todo, seguí la dirección de su mirada. Mi mandíbula cayó en cuanto comprobé que este no era el vehículo que yo conocía.

Antes de dejarme hacer preguntas, abrió la puerta rápidamente y me incitó a que pasara, huyendo de la lluvia. Él se sentó a mi lado y, durante los primeros segundos, tan solo se oyeron nuestras respiraciones jadeantes y el golpeteo de miles de gotas sobre los cristales, como si acabásemos de encerrarnos en una burbuja.

—Es el coche de mi padre, me ha traído él.

—¿Cuándo ha pasado todo esto? —Lo enfrenté directamente y con el corazón en un puño. Volver a encontrarme con su ojo morado solo empeoró mi agonía. El párpado ni siquiera llegaba a levantarse del todo, escondiendo el color de su iris—. Dios mío, Jasper. ¿Por qué no me avistaste o...?

—¿Cómo? —Se recostó contra el respaldo.

Hasta ese momento, no caí en la cuenta de que no teníamos ninguna forma de comunicarnos fuera de aquí. La rutina nos había absorbido de una forma en la que, sin quererlo, habíamos normalizado nuestras conversaciones diarias.

Sin perder más tiempo, saqué mi móvil del bolsillo y se lo tendí. Tardó más de la cuenta en hacer lo mismo, dado que solo disponía de un brazo, pero ninguno de nosotros necesitaba actuar deprisa.

—¿Qué llevas ahí? —Se fijó entonces en la bolsa, sobre mi regazo.

En lugar de responder, se la tendí. La abrió y asomó la cabeza, desbordante de curiosidad. Entonces, la levantó de golpe y volvió a mirarme.

—Hay nueve. —Intenté, con todas mis fuerzas, no sonreír. Quería que, de alguna forma, en mi seriedad se transmitiera todo lo que había sentido estos días. Aunque no fuese justo, dada la situación.

Jasper volvió a mirar en la bolsa y sacó el primer tulipán, de color naranja.

—¿Me has guardado uno cada día?

—Esperaba que vinieras. —Alcé los hombros, intentando restarle importancia a algo que ya no valía la pena recordar—. Lo siento.

—¿Por qué? —Su expresión cambió.

—He sido una egoísta.

—No lo creo. —No dudo ni un ápice, y fue por eso que recuperé el contacto visual—. Has sido increíble.

Mis mejillas ardían, por eso me obligué a centrarme en cualquier otra cosa. Sin embargo, sus ojos no se despegaron de mí y resurgieron todas las mariposas de mi estómago.

—¿Quieres saber lo que he sentido?

Asintió con seguridad.

Necesité mirarlo, y una sonrisa triste apareció en mis labios.

—Que mi trabajo ya no sería lo mismo si, de repente, dejases de venir. —Sus ojos brillaban, y eso consiguió que contuviera el aire en los pulmones—. Me había acostumbrado y... me gustaba.

—¿Y por qué lo dices como si ya no estuviera aquí? —Guardó de nuevo el tulipán—. Di: Jasper, joder, eres un imbécil. —Los dos llenamos el coche de risas. En cambio, parecía hablar en serio—. Dilo.

Lo observé, divertida, y me incorporé un poco en el asiento. Carraspeé, ganando un aire misterioso.

—Jasper, joder, eres un imbécil. —Soltó una carcajada que espantó de golpe la tristeza de todos estos días de atrás.

Tras un breve silencio, el tono bromista se esfumó:

—Lelie, joder, eres especial.

CAPÍTULO 14

Lelie, joder, eres especial

Las bromas desaparecieron. Las risas también.

Y solo quedó silencio.

Y mi corazón golpeando en mi pecho a toda velocidad. Una y otra vez. Sin parar.

Aunque tampoco quería detenerlo. Porque lo estaba sintiendo de verdad.

—¿Lo dices de verdad?

—No le busques un porqué —me advirtió en tono vacilón, apuntándome con el dedo; aunque en el fondo lo decía en serio, pues había aprendido a leerme entre líneas—. Tan solo créetelo.

Asentí, dominada por una gran sonrisa que era exactamente lo que él había estado buscando.

—¿Quieres saber lo que he sentido yo? —No dudé, lo estaba deseando—. Que han sido los nueve días más mustios de mi vida. —Reí, otra vez, por la elección de sus palabras. Me di cuenta de que solo él conseguía que me doliesen las mejillas—. En serio. Te he echado de menos.

Mis ojos se iluminaron, y en parte fue por la luz que desprendían los suyos.

—Yo también —admití.

Ambos elegimos el silencio, como si lo hubiésemos acordado, y comenzó a pesar tanto que ni siquiera percibía la lluvia de fondo, como si me hubiese aislado del todo lo demás. Y creo que fue esa nueva sensación la que provocó que yo misma lo cortase:

—¿Me vas a contar ya qué te ha pasado? —indagué, animada pero impaciente.

Jasper volvió a apoyar la cabeza en el respaldo y miró al frente, como si sus recuerdos se sintiesen de nuevo reales. La frialdad que envolvió el ambiente de un momento a otro me erizó la piel.

—¿Recuerdas la tormenta? —Asentí, completamente seria y tan solo suplicando porque mis suposiciones no fuesen ciertas—. ¿Recuerdas los humedales, cerca del...?

—Sí —lo interrumpí, mi voz cargada de pánico.

—Todo estaba cubierto de niebla, la lluvia caía cruzada y... —Contuvo el aire un instante— me choqué contra el quitamiedos.

Cerré los ojos, esforzándome por no imaginármelo. En vano.

—Por suerte no fue de frente, sino no sé s...

—Cállate. —No me atreví a mirarlo—. No lo digas.

Obedeció con plena seriedad, y no quise ni pensar en lo que su mente debía de estar diciéndole en ese momento.

—Estás aquí. —Giré la cabeza en su dirección, como si, al mismo tiempo que lo decía, necesitase comprobarlo. Mis ojos comenzaron a pesar y me obligué a disimularlo—. El resto da igual.

Asintió, necesitando darme la razón.

—Tan solo me he roto el hombro.

Dada la situación y el tono que utilizó, no supe si reír o llorar, y entendí que tan solo quería olvidarse de todo.

—Hemos perdido a un beisbolista en potencia —vacilé. Soltó una carcajada, haciéndome sentir la persona más orgullosa del mundo entero.

Se inclinó un poco en mi dirección y sin atreverme a fijar la vista en ese punto, sentí el tacto de su mano envolviendo la mía. Fue electrizante y provocó que todo mi cuerpo se estremeciera. En cuanto agaché la mirada y la piel desnuda de esa muñeca quedó frente a mí, me di cuenta.

—¿Tienes un rotulador? —Jasper frunció el ceño, sin lograr adivinar mis intenciones. Me señaló la guantera, haciendo pucheros con los labios.

Rebusqué entre las decenas de papeles y otras muchas cosas que su padre parecía guardar ahí por no haber encontrado un sitio mejor y, por suerte, encontré un rotulador negro.

—No sé si pintará muy bien, pero... —Le quité la tapa y lo examiné—. El brazo —ordené, haciendo un gesto con la mano para que me lo tendiera. Al momento, me ofreció su brazo ileso, con el ceño fruncido—. El otro.

—¿Qué vas a...? —El blanco reluciente del yeso lo hizo dudar un segundo antes de inclinarse para tenderme su brazo izquierdo, el que ahora ocultaba el tulipán.

Con suavidad, porque no sabía hasta qué punto podía llegar a sentir dolor, comencé a trazar de memoria. Él puso atención en cada uno de mis movimientos y, cuando terminé y descubrí el dibujo, separó los labios, sorprendido.

—Vaya. —Alternó la vista entre la flor, en el mismo sitio en el que, bajo la escayola, se encontraba el tatuaje, y yo.

—Aún no he terminado. —Sonreí con pillería y volví a inclinarme. Segundos después, mi nombre resplandecía justo al lado.

—Me toca. —Me arrebató el rotulador y sujetó mi brazo antes de que pudiera echarme atrás.

—Pero yo no ten...

—Da igual —rio. Le quitó la tapa, sujetándola entre los dientes, y se acercó todavía más a mí.

Tragué saliva.

Antes de posar la punta sobre mi piel, sus ojos se mantuvieron fijos en las máculas que la recorrían, en un tono lechoso que contrastaba con su ya natural palidez. Sonrió y en ese momento sentí el roce de sus dedos, recorriéndolas e incentivando mis nervios. Tragué saliva con más dificultad y, un instante después, el roce de la punta negra me hizo cosquillas.

—«El chico de los tulipanes» —leí. Mis comisuras se elevaron. Él, en cambio, solo se fijaba en mi rostro—. ¿«J.K.»? —Arrugué el ceño, fijándome en las siglas que había escrito justo debajo.

—Jasper Koning. —Sonreí ante su respuesta.

—Me toca.

—¿Otra vez? —rio, ofreciéndome el brazo escayolado sin que tuviera que pedírselo.

Igualando a su frase, escribí: «La chica de los lirios; L.B.»

—Me gusta como suena —admitió, centrado en las letras. Levantó la vista y mis mejillas, al instante, entraron en calor.

Flor de chocolate

Últimamente, vuelan las malas noticias.

¿Recuerdas esa compañera de la que te había hablado? Pues creo que ya no volveré a hacerlo.

Un par de enfermeras vinieron esta mañana a retirar las sábanas y su padre ha estado aquí hace un rato, recogiendo sus cosas.

He visto cómo el rostro de ese hombre se descomponía delante de mí, cómo su jersey se empapaba con sus propias lágrimas... y solo pude desear que tú no fueses el siguiente. Ha sido horrible y no sé si podría soportarlo de nuevo, así que he pedido que me dejen sola, al menos por un tiempo.

Lo cierto es que nunca llegué a conocer su diagnóstico. Apenas coincidíamos y, cuando lo hacíamos, no solíamos intercambiar palabra. Supongo que el silencio también se convirtió en su pequeña anestesia, y yo elegí respetarlo.

Hoy ha sido el primer día en el que he sentido que estaba enferma de verdad. De alguna forma, me he visto reflejada en el rostro escuálido de esa mujer justo antes de que se la llevaran, en plena noche. Y desde entonces, no he parado de darle vueltas a esa palabra que tanto miedo da: muerte.

No quiero irme, pero al mismo tiempo, he pensado en qué pasaría si eso ocurriese. ¿Qué quedaría de mí sin mí? ¿Crees que es posible que, en algún rincón del planeta, haya alguien con mis mismas cualidades?

Yo he elegido creer que sí.

De eso hablaba precisamente la entrada de hoy: la flor de chocolate. Y no es la del cacao, que sé lo mucho que te gusta —ja, ja, ja—. Se trata de una planta mexicana que se extinguió a principios del siglo XX por la destrucción de su hábitat. En cambio, años más tarde logró recolectarse un ejemplar y, a partir de ahí, se ha ido clonando hasta considerarse "recuperada".

A veces creo que la autora del blog me lee el pensamiento, aunque en realidad soy yo misma, que busco mis propios significados.

En fin, espero que nunca necesites clonarme —es broma, se supone que todo se lleva mejor con humor—.

Te quiero.

Sigue sonriendo.

La chica de las flores de chocolate.

CAPÍTULO 15

Nos pudriremos juntos

—Bueno —suspiré, perdiendo la vista por la ventanilla, en dirección a mi lugar de trabajo—, supongo que me toca volver. Fui a abrir la puerta, pero su voz me obligó a detenerme:

—¿Ha pasado algo?

Hice pucheros con los labios, aunque en realidad, íbamos de mal en peor.

—Como no deje de llover, me quedaré sin clientes. —Me desplomé contra el respaldo—. Solo suena el teléfono para cancelar pedidos.

No dijo nada, pero intuí que estaba buscando alguna frase alentadora, por muy difícil que fuese.

—No hay nada que me duela más que tirar los ramos a la basura.

Jasper pareció sorprenderse ante mis palabras, como si no creyese que pudiera hacer algo así. En realidad, no tenía otra opción.

—Llévaselos tú a la gente. —Me obligó a mirarlo—. Si no se acercan ellos, hazlo tú.

—¿Cómo? —Quise absorber parte de esa esperanza.

Sonrió, como si acabase de encontrar la solución a todos los problemas.

—¿Te gusta la lluvia? —Elevé los hombros; ya no estaba muy segura. Él pareció satisfecho—. Me sirve.

Y sin más, salió del coche, esperó a que yo hiciera lo mismo y lo seguí a todo correr hasta la puerta de Bloemen. Esta vez fue él quien se manejó allí dentro: vació la cámara frigorífica y me pidió que cargase con todos los ramos cancelados de los días anteriores, aunque hubiesen perdido parte del brillo. Además, seguí sus consejos y envolví algunas flores individualmente, como hacía cada día para él.

—¿Lista? —Se aseguró de que tenía bien cerrado el abrigo y, con su única mano libre, cargó con una de las bolsas. Antes de empujar la puerta, me miró.

—¿Estás seguro? —Mis ojos estaban fijos en el temporal, a través de la cristalera.

—¿Lo has hecho alguna vez? —Negué, evidentemente—. Pues esa es la mejor parte.

Y así, sin más, como si no supusiera ningún problema pasarnos la tarde repartiendo flores bajo la lluvia y, en su caso, sin un brazo, salió a la calle con una sonrisa entusiasta.

—¿Por dónde quieres empezar? —Esperó a que abriese el paraguas, aunque de poco nos serviría, y ambos giramos la cabeza a ambos lados de la calle.

—Estás loco —reí en un suspiro. Le arrebaté la bolsa de la mano, las abracé todas contra mi pecho y él sostuvo el paraguas, cubriéndonos a ambos.

Avanzamos calle arriba, hasta el primer portal. Esperamos a que alguien nos abriera y, a continuación, llamamos puerta por puerta hasta recorrer el edificio al completo. Cuando volvimos a pisar la calle, tan solo habíamos vendido dos flores individuales, pero para Jasper fue la mejor noticia del universo.

Dos puertas más adelante, comencé a contagiarme de su felicidad y a disfrutar de su risa cada vez que yo hundía los pies en un charco. A pesar del paraguas, tenía la cara empapada y las gotas se escurrían desde su pelo hasta unirse a la humedad del abrigo.

—¿Sabías que los lirios se pudren con el exceso humedad? —Lo enfrenté, exagerando una mueca desafiante mientras esperábamos a que nos abriesen otra puerta. A él pareció divertirle, fijándose, además, en los mechones claros que se me pegaban a la frente.

—¿Y los tulipanes? —Asentí—. Entonces no veo el problema.

Negué con la cabeza, intentando que no se notara lo que su comentario me había hecho sentir, y evité mirarlo.

—Nos pudriremos juntos.

—Qué bonito. —Puse los ojos en blanco y me llevé una mano al pecho.

En ese momento, un señor de edad bastante avanzada nos recibió en bata y pantuflas. Saqué a relucir mi mejor cara y le mostré cada una de las flores, suplicando para mis adentros, pues el frío era insoportable y estaba empezando a perder la sensibilidad. Casi me pongo a chillar allí mismo cuando decidió llevarse uno de los ramos. Jasper me vigilaba por el rabillo del ojo y presenció de primera mano el cambio en mi expresión.

—Solo quedan dos. —Revisó la bolsa.

—Por fin.

Frenó, en plena acera. En cuanto me di cuenta, eché la vista atrás, con la mano a modo de visera para que la lluvia no me cubriera los ojos.

—¿No te está gustando el plan? —Sonó divertido.

—No siento los dedos de los pies. —Agaché la mirada hacia mis botas, de un color mucho más oscuro del habitual.

—¿Ya has empezado a pudrirte?

—Imbécil. —Bufé en una sonrisa y retomé el paso, acelerando el ritmo. Sentí sus carcajadas a mi espalda, cada vez más cerca.

—No te enfades. —Cerró el paraguas y, un segundo después, su brazo reposaba sobre mis hombros.

Levanté la cabeza y me encontré directamente con su mirada. Tragué saliva y me esforcé en seguir caminando mientras mi circulación se aceleraba.

—Vamos, solo quedan dos —anuncié.

Sin embargo, en lugar de avanzar a mi lado, me retuvo en el sitio. Volvió a poner distancia entre ambos y, de pronto, lo sentí tan lejos que se me antojó extraño.

—¿Sabes qué? —Se descolgó la bolsa del hombro y se alejó unos metros. No entendí absolutamente nada, por eso, ni siquiera me moví—. Que les den.

Lo siguiente que hizo, tras sus palabras, fue volcar las dos flores mustias que quedaban en una papelera. Abrí los ojos con sorpresa y no supe cómo reaccionar, solo pude mirarlo. Volvió a mi lado y su brazo recuperó la posición, sin dejar hueco en el medio.

—¿Tienes hambre? —Inclinó la cabeza hacia mí y solo pude separar los labios mientras sonreía.

—¿Acabas de...?

—Sí. —No me dejó terminar, tan solo afirmó, orgulloso, y retomó la marcha—. No me apetece pudrirme todavía.

Reímos a la par y desandamos nuestros pasos, aunque esta vez me dejé guiar. Mi cuerpo temblaba de vez en cuando y mi piel, si cabía, había empalidecido. Jasper se dio cuenta y me aferró más a él, intentando hacer desaparecer el frío. Me sentí tan cómoda que me olvidé de que toda mi ropa estaba encharcada y pesaba el doble. Mirándolo por el lado bueno, habíamos ganado bastante dinero.

—No es mi coche, pero tiene calefacción. —Se detuvo, otra vez, frente al de su padre—. ¿Tienes carné?

Nada más asentir, me cedió el asiento frente al volante. En cuanto estuvimos dentro, me sentí, de nuevo, como en esa especie de burbuja, aislada de todo lo demás. Me deshice del abrigo y las botas y las coloqué junto a las suyas, sobre la alfombrilla trasera.

El sol comenzaba a ocultarse y dar paso a un atardecer opacado por las nubes.

—¿McDonald´s? —preguntó, aunque ya sabía cuál sería mi respuesta.

Cuando cayó la noche, nos encontrábamos en el mismo sitio que la otra vez, junto al puente, y con las luces de una Ámsterdam dormida reflejadas sobre el agua del canal. Además, el olor a dulces que desprendían las bolsas comenzaba a convertirse en una costumbre, y era mi costumbre favorita.

—*¿Cómo puedez pgefegig el de cagamelo*? —Con la boca a rebosar de muffin de chocolate, arrugó la nariz.

—¿Cómo puedes haber pedido todos los bollos con chocolate? —Revisé una por una cada bolsa.

—Dicen que el chocolate te vuelve más listo. —Acompañó sus palabras con una mueca de superioridad.

Solté una risotada.

—¿Y quién lo dice?

—Yo.

Negué con la cabeza, aunque no fui capaz de contener la sonrisa en cuanto me pinchó con el dedo. Levanté los brazos en señal de rendición.

Terminamos de cenar en silencio, escuchando las canciones de la radio, siguiendo esa rutina que estábamos creando. Jasper reclinó un poco más el asiento y frotó el cristal delantero con la manga del jersey, en un inútil intento de llegar a ver el cielo. Chascó con la lengua en cuanto asumió la realidad.

La bolsa de los tulipanes todavía seguía ahí, sobre el salpicadero, y ambos nos fijamos en ella como si lo hubiésemos acordado.

—Hoy no has ido —musité. Sospechaba que llevaba nueve días sin hacerlo.

—Hoy elegí estar contigo.

Inclinó la cabeza en mi dirección y respondió a mi sonrisa con otra mucho más bonita. Entones cruzó su brazo derecho por encima de su cuerpo, tan solo para acercarlo más a mí, y abrió la palma. Clavé las pupilas unos instantes y, con el cosquilleo en la piel, coloqué mi mano encima. Sus dedos se entrelazaron como respuesta y el calor que me transmitió se expandió por todo mi cuerpo.

—¿Quieres saber lo que siento? —Jasper asintió—. Que tú también eres alguien especial. Y que... si te hubiese pasado algo —Ascendí desde su brazo inmovilizado hasta su ojo rodeado de moretones— me habría afectado incluso más de lo que imagino.

Exhaló todo el aire en un suspiro y reforzó el contacto de nuestras manos. Cada vez que lo hacía, mi corazón daba un saltito.

—¿Vamos fuera? —Desvió la mirada por la ventanilla. Arrugué el ceño.

—¿Por qué? —Ante mi pregunta, soltó una carcajada—. Lo siento, no puedo evitarlo.

Negó con la cabeza, con diversión, y abrió la puerta de su lado. El aire frío nos invadió de golpe.

—Puedes ponerte mi abrigo —adivinó. Lo hice sin pensar.

La lluvia había aminorado, pero todavía chispeaba un poco. Jasper se acercó al muro del puente y bajó la mirada hacia el canal. Todavía quedaban cruceros en funcionamiento, transportando turistas a lo largo de la ciudad. El agua se apartaba a su paso, causando un pequeño oleaje.

Me coloqué a su lado, permitiendo que su olor me rodease, y me fijé en cómo la luz de la luna se reflejaba en sus pupilas. También pude visualizar las cicatrices con más detalle, y me transmitió tanta debilidad que, sin pedir permiso, mis dedos rozaron su piel, en un intento de verificar que, efectivamente, había ocurrido. Me aseguré de no hacerle daño y él ni siquiera se movió.

—¿Quieres saber qué siento yo? —La voz le salió más grave de lo habitual.

Estaba muy cerca, más que todas las otras veces, y estaba segura de que podía percibir el esfuerzo que tuve que hacer para tragar saliva. Sus iris, del color del mismo tallo de los tulipanes, me perforaban, y me esforcé porque los míos no se apartasen.

Asentí en un murmullo ininteligible.

Mi estómago se anudó sobre sí mismo en cuanto sus dedos acariciaron mi pelo húmedo hasta colocarlo detrás de mi oreja, y me sorprendió que su mano no se apartara, sino que la mantuvo ahí, envolviendo mi mejilla.

—Que si intento besarte, no te apartarás.

El efecto que esas palabras provocaron en mí no lo había sentido nunca antes. Mis piernas perdieron estabilidad y los latidos de mi corazón me retumbaban en los oídos mientras su mano continuaba fija, transmitiéndome su calidez.

Lo sentí acercarse a cámara lenta, cada vez con más gotas de agua sobre la piel, y cada vez mi corazón latía más deprisa. Y finalmente, en un claro impulso, fui yo misma quien cortó el contacto, dejando que toda esa tensión se deshiciera con el choque de sus labios.

Primero no se movió y supuse que trataba de asegurarse de que ambos habíamos decidido esto. Entonces, en cuanto se dio cuenta de que no pensaba retractarme, de que la excitación había tomado el control de cada célula de mi cuerpo, sentí su lengua rozar mis labios, reclamando espacio.

Compartí el sabor a chocolate y el ritmo de su respiración. Dejé que su mano me acariciase lentamente hasta colocarse detrás de mi cuello y, aunque yo no supe bien qué hacer con mi cuerpo, decidí dejar de pensar, tan solo me dejé llevar.

Su contacto me hizo cosquillas y me erizó el vello, su respiración me acarició la piel y la mía se entrecortó. Me sentí mejor que nunca y solo pude preguntarme por qué no lo había hecho antes.

Sin necesidad de separarse, buscó una de mis manos con los ojos cerrados y fue él mismo quien la guió hasta la zona en la que emergía su pelo; y no me atreví a moverla demasiado. No me preguntó si había hecho esto antes, solo respetó mi tiempo.

La verdad

20 de febrero de 2026 - 21:37

Bajo la lluvia solo hay sinceridad.
No puedes esconderte.
Las mentiras las arrastra el agua.
Por eso una flor se marchita si pasas mucho tiempo sin regarla.

Amapolas

La publicación de hoy ha sido de mis favoritas, se titulaba «Memorias de una amapola». Me ha gustado mucho su significado: fueron las primeras flores en crecer en las trincheras y campos de batalla después de la Primera Guerra Mundial. Por eso, hoy en día, recuerdan a todos aquellos soldados caídos.

Después de leerlo, mi mente ha empezado a divagar en este eterno silencio, y he estado reviviendo cada uno de nuestros mejores recuerdos.

Nunca olvidaré nuestro primer beso, el día de San Valentín de aquel 2023. Fue especial porque fue sencillo, y confío en que así se tejen los hilos más fuertes.

Me acuerdo de lo nervioso que estabas; me habías contado que se trataba tu primer beso y, desde ese momento, sentí que había algo especial en tu forma de mirarme. Algo que todavía encuentro ahora, cada vez que cruzas esa puerta.

Por eso, se me ha ocurrido una gran idea: cuando vuelva a casa quiero que plantemos una amapola por cada uno de esos recuerdos, para que, el día que no estemos, permanezcan en las flores.

Así nunca moriremos.

Te quiero.

La chica de las amapolas.

PARTE II

Tulipanes que sueñan en silencio

Baobabs

Cada día que pasa siento que el cronómetro se acelera, y tengo la intuición de que antes de lo esperado llegará al cero. Y no sé qué pasará entonces, ni qué sentiré.

Esta mañana he tenido otra sesión de quimio. Mientras estabas ahí sentado, justo a mi lado y asegurándote de que nuestras manos no se separasen, no me atreví a mirarte. Pero tampoco puedo disculparme.

Tan solo podía mantener la mirada fija en los eritemas del antebrazo y luchar contra las ganas de arrancarme esa maldita cinta adhesiva. En lo flojos que me quedan los pantalones por mucho que intente evitarlo, resultándome hasta difícil reconocer mis propios muslos. Y en ese dolor punzante que me recorre el cuerpo entero cuando intento dormir. Cada una de mis articulaciones parece a punto de romperse.

Y, si no fuera porque estabas ahí sentado, luchando contra el sueño de primera hora de la mañana, habría deseado que se rompieran de una vez.

Que llegase por fin el alivio.

Pero entonces me dijiste algo que anudó mi garganta, y no me atreví a que fueras capaz de ver lo mucho que me había afectado: «Cada cicatriz es una victoria».

Ojalá tengas razón.

Ese ha sido el motivo por el que he ignorado la entrada de hoy del blog y he buscado una en concreto que me ayudase. Y creo que la tengo: los baobabs.

También los llaman «árboles de la vida», y me encantaría ser uno de ellos. Sus troncos huecos y rugosos acumulan agua para sobrevivir sequías extremas. Cuanto más marcado y áspero parece por fuera, más vitalidad interna posee.

Sus imperfecciones son un símbolo de su fuerza.

Así que elijo creerte.

Gracias por ser mi árbol de la vida.

Te quiero.

La chica de los baobabs.

CAPÍTULO 16

El jardín de lirios

Aquel día, el día en el que todo terminó, Ámsterdam había amanecido bajo un sol espléndido y tuve la impresión de que, esta ciudad que tantos recuerdos acumulaba, no parecía comprender lo que aquel día significaba para mí.

El día en el que las visitas dejaron de existir y las promesas quedaron suspendidas en el aire, esperando a ser atrapadas por quien ocupara la cama vacía de ese hospital.

El día en el que ocurrió lo que, en silencio, hacía meses que había intentado asumir.

Solo una frase quedó anclada en las paredes frías de ese lugar, que durante meses me había recibido sin descanso, cada mañana: «Pase lo que pase, sigue sonriendo».

La misma frase que me acompañó el día en el que presencié cómo la vida me arrancaba de cuajo un tatuaje de tinta tan invisible como imborrable. Un tatuaje que tenía nombre y apellidos, y los rizos más bonitos del mundo. Pero, sobre todo, un tatuaje que, a pesar de todo lo que pasó, nunca dejó de sonreír.

La misma frase me acompañó el día en el que todo empezó de nuevo para mí, cuando empecé a creer en las segundas oportunidades.

La vida me puso delante de alguien que parecía repetirse ese mismo mantra. Pero ella no lo hacía en silencio, sino que lo compartía con todo el mundo. Quise creer que se trataba de una especie de tregua, algo temporal después de lo que había supuesto para mí ese último año.

Después de haberme obligado a salir para no quedarme atrapado en los recuerdos.

Y después de dar el paso de volver al trabajo.

Porque durante un año mi vida se detuvo, pero el mundo no dejó de girar.

Y aunque había dejado atrás un jardín de tulipanes que nunca olvidaría, en cuanto crucé la puerta de aquel lugar, me adentré en el jardín de lirios más especial de todos.

CAPÍTULO 17

Promesas cubiertas de polvo

Algo había cambiado, pero al mismo tiempo nada lo había hecho.

Mis encuentros con Lelie se habían convertido en mi parte favorita del día, y cada vez eran más largos. Me gustaba observar su forma de interactuar con los demás, cómo se encendía su mirada cada vez que alguien le hacía una pregunta o esa curiosidad genuina que sentía por absolutamente cualquier cosa.

Sin embargo, dos meses después del día en el que había probado sus labios por primera vez, algo entre nosotros había cambiado. Y no sabía decir qué exactamente. Ese día había empezado a conocerla de verdad, y ahora sentía que llevaba a mi lado toda la vida. Había descubierto que amaba el caramelo salado, que escribir cada noche la ayudaba a dormir, que era capaz de memorizar detalles que cualquier otra persona pasaría por alto y que se fijaba muy bien en dónde pisaba para asegurarse de no aplastar las flores silvestres que crecían entre las losas de la acera.

Pero lo que más me llamó la atención, desde aquel día en el que me vendió el primer tulipán, amarillo, fue su sonrisa.

Porque Lelie Bloemen nunca se sintió como una traición, sino como mi oportunidad para volver a florecer.

Ella fue quien me animó a dar el paso, después de mucho tiempo evitándolo, y sus palabras se repitieron en mi mente mientras llamaba al timbre.

Ese edificio lo conocía demasiado bien, y también a quien todavía vivía en el segundo piso, en la puerta de la izquierda. Por eso, el corazón se me subió a la garganta en cuanto esa mujer, que aparecía en muchos de mis recuerdos, descruzó el pestillo al otro lado.

Sus ojos eran exactamente iguales que los de ella. Y ese pelo lleno de caracoles perfectos, aunque con incipientes canas.

—Hola, señora... Rozenberg. —Se me atascó la saliva pronunciando ese apellido.

La mujer no fue capaz de decir nada, su mandíbula se cayó de asombro y se lanzó a abrazarme. Ahora ese olor estaba por todas partes y las lágrimas amenazaron con salir.

Me invitó a pasar como si se tratase de mi propia casa, como si el tiempo no hubiera hecho mella en nosotros, y me sirvió una taza de chocolate como las que nos preparaba antaño, a su hija y a mí. Entendí el error que había cometido al no haber venido antes.

Marie Rozenberg era una mujer divorciada, y yo había estado presente cuando todo eso había ocurrido. Había sido el pañuelo en el que llorar de una Liva de veinte años que creía que nunca superaría algo así, y también alguien con quien su madre había decidido desahogarse. Lo único que necesitaban ambas era un poco de cariño, y me abrieron las puertas de su piso como a un miembro más.

—Yo... quería saber si todavía la guardas. —No me atreví a enfrentar su rostro escuálido mientras pronunciaba esas palabras.

Nada más verla, intuí lo mal que había tenido que pasarlo y lo sola que se sentía ahora.

—Te lo prometí, y sabes que soy una mujer de palabra.

Eso era cierto. No hubo una sola vez en la que Marie incumpliese alguna de sus promesas. Era una mujer a quien le confiaría mi vida, pues sabía que no me fallaría. Y eso fue lo que había hecho aquel veintiuno de mayo, una semana después de que el cáncer se llevara a quien ambos teníamos en común: me presenté en esa casa y le pedí, por favor, que guardase esa caja hasta el día en el que me sintiese preparado para volver a abrirla.

Y hoy era el día.

—Sigue tal y como me la entregaste. —En cuanto se asomó a la cocina, con ella en brazos, sentí exactamente lo mismo que aquel día—. No la he abierto.

La creía, con todo mi corazón.

—Gracias, de verdad. —Dejé que me abrazara; algo en su forma de mirarme me indicó que lo necesitaba.

—Estaba esperando que vinieras. —Me besó en la frente como si en mí encontrase a esa hija que había perdido—. Y llámame Marie, que somos familia.

CAPÍTULO 18

Ella

Me senté frente al volante y no fui capaz de arrancar, porque esa caja, en el asiento de al lado, me exigía que la mirase. Todavía estaba envuelta en cinta y su nombre seguía intacto, escrito con rotulador por un Jasper que había sido todo lágrimas.

Y ahí estaba, casi un año y medio más tarde, dispuesto a pasar página de la mejor forma que creía posible: sin obligarme a olvidarla. Porque no se puede olvidar a alguien que una vez quisiste tanto. No se deja de querer tan rápido.

Ese fue el impulso que necesitaba para colocarla sobre mi regazo y cortar la cinta adhesiva con las propias llaves del coche. Mis manos temblaban tan solo por el hecho de levantar las solapas.

Lo primero que me encontré fue su libro favorito, aquel que tantas veces había releído, muchas de ellas estando en el hospital. También encontré un par de prendas de ropa, las que había decidido no donar. Entre joyas, su perfume y otros pequeños detalles que formaban parte de ella, logré recordar al detalle cada uno de los recuerdos que comenzaban a quedar enterrados.

Hasta que, en lugar de tocar el fondo cuando creí que había llegado al final, toqué algo que yo no recordaba haber guardado: un cuaderno.

Supe que era suyo en cuanto lo saqué de la caja y lo recorrí de arriba abajo: las tapas estaban repletas de florecitas. No podía ser de otra persona.

Se me aceleró el pulso y, por un segundo, dudé en abrirlo, pues algo me decía que lo que había ahí escrito lo cambiaría todo.

Nada más descubrir la primera página, reconocí su letra en lo que parecía una breve dedicatoria: «*Para el chico que me hizo creer en el amor.*»

Lo cerré de golpe.

Mis ojos se llenaron de lágrimas.

No estaba preparado para esto.

Miedo

2 de abril de 2026 - 21:13

El miedo es extraño.
Hay tantas cosas que dan miedo que resulta imposible ignorarlo.
Pero más extraño es el miedo que te invade aun cuando esperas una buena noticia.
Da más miedo pensar en cosas buenas, quizás porque nadie cree merecerlas.
Por eso, el miedo es extraño, pero también bonito.

CAPÍTULO 19

Para el chico que me hizo creer en el amor

Esa misma tarde, tan solo unos minutos después de lo ocurrido, me planté en la floristería. Mis ojos todavía nublados y mi pulso acelerado.

En cuanto Lelie me vislumbró a través del cristal, su sonrisa se apoderó de toda su cara y volví a pensar en aquella chica. Y en la caja. Y en el cuaderno.

Y una lágrima me traicionó justo delante de ese par de ojos azules como el cristal.

—¿Estás bien? —Anclé los pies nada más cruzar la puerta y no di un paso más. Ella se acercó corriendo hacia mí y sus manos rodearon mis mejillas al instante—. ¿Jasper?

La preocupación que desprendía su expresión provocó que quisiera abrazarla.

—Necesito que veas esto. —Mi tono sonó mucho más suave de lo que había pretendido; incluso dudé de si habría sido capaz de oírme—. No puedo hacerlo solo.

Se quitó el delantal sin cuestionar nada más, lo dejó a un lado y me empujó hacia fuera para poder continuar con la conversación.

Me pasé una mano por la cara, eliminando cualquier rastro de humedad, y le pedí que me acompañara. Lelie se colocó a mi lado al instante y, sin dejar de revisarme cada dos pasos, se aferró a mi mano. El calor de su piel, tan de repente, removió mi interior.

Abrí la puerta del copiloto, pero no entré, me mantuve inmóvil con los ojos clavados en la caja abierta. Lelie se fijó en ella, guiada por la dirección de mi mirada.

—He hecho lo que me dijiste —musité. Se me cortó la respiración y apreté los labios un instante—. Y su madre me ha dado eso.

Tragué saliva. Ella dio un paso al frente y comenzó a sacar el libro, el jersey y todas las demás cosas, en busca del problema. Lo había previsto, pero me impresionó igualmente que su rostro se iluminara de esa manera cuando encontró el cuaderno, repleto de flores.

—Es eso. —Mi voz tembló y ella se giró hacia mí, todavía sosteniéndolo—. Yo no... no lo guardé ahí dentro. No lo había visto nunca.

Con el ceño fruncido y esforzándose por entenderlo, lo analizó por todas partes, sin atreverse a abrirlo todavía.

—Lee la primera hoja. —Mis pulmones se estrujaron hasta resultarme doloroso.

Mi piel ardía, justo bajo el tulipán.

Y pude oír la risa.

Y la emoción en sus palabras.

Y también el miedo.

Pánico.

Y el pitido.

«*No hay pulso.*»

Y luego nada.

Silencio.

Y el silencio es el peor sonido de todos.

Las lágrimas estallaron solas. De golpe. Sin precedente. Y luego mi pecho se desgarró por la mitad en un enorme sollozo. Y mi corazón quedó al descubierto.

Y Lelie pudo verlo. Pudo sentirlo. Pero no oírlo, porque no latía.

Oía el silencio, que es el peor sonido de todos.

Y luego lo abrazó. Abrazó mi corazón y lo hizo suyo. Lo llenó de flores, como solo ella sabía hacer. Convirtió sus pétalos en una densa tirita.

Sin separarse de mí y alternando la vista entre mi expresión y el papel, pasó la primera hoja y llegó hasta la dedicatoria. Su reacción fue exactamente la misma que la mía: lo cerró de golpe.

—Jasper, esto es precioso —musitó, con los ojos brillantes.

—No sé si quiero leerlo, Lelie.

—¿Por qué?

—Tengo la impresión de que... lo que hay ahí —Lo señalé, con la mano temblorosa— va a cambiarlo todo.

—¿Qué es todo? —Se sentó en el borde del asiento, con las piernas hacia mí, y me escuchó.

Elevé los hombros. Esa repentina ausencia me estremeció.

—No sé si quiero más cambios.

—Pues yo creo que deberías leerlo. Y si cambia algo, estoy segura de que será para bien.

Me hizo una seña con la cabeza para que me sentase en mi lado del coche, junto a ella, tal y como solíamos hacer. Tras el cierre de la puerta, se formó un silencio que pesaba como nunca antes.

—¿Puedes... empezar tú a leer?

Inclinó la cabeza en mi dirección, con los ojos abiertos de asombro.

—¿De verdad?

—Por favor.

La observé mientras volvía a abrirlo, con el aire débil saliendo de entre sus labios. De alguna forma, le había contagiado parte de mi inseguridad.

—«*Azaleas*» —la oí decir, con una incipiente sonrisa.

—¿Qué? —Fruncí el ceño.

—«*Azaleas*» —repitió, mostrando una pequeña sonrisa—. Así se titula el primer… capítulo.

» *Hoy ha sido uno de esos días que transcurren sin más. El mundo parecía avanzar en todas direcciones y yo, sin embargo, daba igual hacia dónde mirase, estaba sola…*

—Para.

Apreté el volante con ambas manos, provocando que se tiñeran de un blanco total. Lelie me hizo caso al momento, aunque no apartó los ojos de la hoja.

Una lágrima solitaria venció la barrera de mis párpados y me apresuré en hacerla desaparecer.

—Pasa a la siguiente —le pedí, y así lo hizo.

—«*Reina de la noche*» —leyó.

—¿Qué es eso?

Sonrió en un suspiro justo antes de levantar la cabeza hacia mí.

—Una flor. —Acarició el papel como si se tratase de algodón—. Yo he escrito alguna vez sobre ella.

—¿Y la siguiente? —Tragué saliva. El pasar de la hoja me erizó la piel.

—«*Aros gigantes*» —continuó—. Otra planta.

Esta vez inclinó la libreta en mi dirección para que pudiese verificar sus palabras. Reconocí esa letra al instante y sentí un pinchazo justo en el corazón.

—¿Qué es esto? —Me dejé caer contra el respaldo.

Ella continuó pasando páginas, tan solo observando por encima cada uno de los títulos. Mientras tanto, mi imaginación no dejaba de mostrarme su rostro, los ojos castaños, la sonrisa y... el pelo. Y también su miedo. Y la irremediable soledad. Y las preguntas sin respuesta. Y el silencio, el peor sonido de todos.

Encendí la radio en un movimiento rápido y me llevé las manos a la frente, arrastrando el pelo hacia atrás.

—Creo que es un diario, Jasper —murmuró, ahora con sus iris directamente sobre los míos. Tragué saliva, con el peso de la realidad atascado en la garganta—. Pero no tiene fechas.

Me lo entregó, como si sintiese que ella no debía seguir teniéndolo, y dudé en aceptarlo. Con la música de fondo, impidiendo el silencio, continué leyendo desde donde Lelie se había quedado; ahora con una necesidad atroz de llegar al final.

—«*Nunca dejemos de sonreír, juntos.*» —pronuncié en voz alta. Mis ojos se aguaron y un suspiro escapó de entre mis labios. Levanté la cabeza hacia la chica que estaba a mi lado, y que ahora me observaba con una mezcla de emoción y curiosidad—. Se lo prometí.

Apreté los párpados.

—Y lo has cumplido —aseguró. Sus palabras removieron algo en mi interior.

—¿Eso crees?

Asintió y sus ojos se achinaron.

—Tienes una sonrisa muy bonita, Jasper. —Se inclinó un poco hacia mí y con una de sus manos, envolvió mi mejilla—. Y es sincera. Es de verdad.

Junté nuestros labios como respuesta y un suspiro me acarició la nariz. Lelie sonrió en mi boca y, un segundo después, reforzó el contacto entrelazando sus manos en mi nuca. El cosquilleo encendió el calor en mi interior y, sosteniendo su tronco con ambas manos, la atraje hacia mí desde su asiento, cargando su peso sobre mi regazo. Su lengua llevó la iniciativa esta vez, enredándose con la mía hasta que pude compartir su sabor dulce. Me gustó comprobar cómo había ido desapareciendo su timidez a lo largo de estos dos meses.

Se aferró a mi tronco, envolviéndolo con fuerza como si necesitase asegurarse de que mi corazón aún latía.

Volvió a sonreír y se separó, muy despacio. Sus ojos me analizaron muy de cerca, con las pupilas más grandes por la falta de iluminación, y me acarició la punta de la nariz con los labios antes de hablar.

—¿Sabes lo que siento? —De todas, esa era mi pregunta favorita—. Que los lirios y los tulipanes hacen una combinación perfecta.

Reí, embelesado por la ilusión que desprendía toda su expresión. De pronto, ese sonido del fondo de mi garganta se me antojó extraño. Sostuve entre mis dedos uno de sus mechones claros hasta colocarlo tras su oreja.

—¿Es que solo sabes hablar con flores?

—Es lo que se me da bien. —Elevó los hombros, radiante. La blusa rosa contrastaba con el tono de su piel y se mimetizaba con el de sus labios. Volví a besarlos.

—Hay más cosas que se te dan bien.

—¿Como qué?

—Como hacer preguntas.

—Imbécil. —Me golpeó en el hombro al tiempo que soltaba una carcajada.

Me gustó oír eso. Era lo que necesitaba. Y ella lo sabía.

La interrumpí juntando nuestros labios de nuevo, con más intensidad. Pude comprobar cómo su respiración se aceleraba en el momento en el que rodeé la parte baja de su espalda con las manos, y esta vez fue ella quien pareció no conformarse.

Sus labios recorrieron la línea de mi mandíbula, hasta el lóbulo de mi oreja, y percibí su sonrisa en cuanto un suspiro entrecortado escapó del fondo de mi garganta. Sus manos acariciaron mi pecho sobre la tela, muy despacio, como si necesitara sentir cada detalle. El calor se concentró en el punto en el que sus piernas rozaban con las mías y tragué saliva. Sus labios, entonces, alcanzaron mi cuello.

—Late muy rápido —susurró en un tono divertido, levantando la mirada.

—Es por tu culpa.

Su risa rellenó todo el interior del coche antes de volver a besarme.

Acaricié la piel de su espalda por debajo de la tela, estaba caliente y sus músculos se tensaron ante el contraste de temperatura. Un suspiró escapó de entre sus labios y la atraje más hacia mí, eliminando cualquier distancia entre su cuerpo y el mío.

Apoyó su frente sobre la mía, llenando los pulmones mientras yo repasaba la línea de su columna vertebral. Las canciones de su lista se reproducían de fondo, una tras otra, y en ese momento las primeras notas de «*Whisper*», de Myles Smith, nos rodearon.

—Jasper... —musitó, dejando escapar todo el aire. Se separó lo justo para mirarme y frente a mí quedaron sus mejillas sonrojadas, los ojos brillantes y los labios húmedos y ligeramente entreabiertos—. Me gusta esto —confesó, recuperando parte de la timidez y provocando que sonriera.

—¿Quieres saber lo que siento yo ahora? —Seguí su juego. Lelie asintió.

Sujeté su muñeca y la acerqué a mí hasta que su mano se apoyó sobre mi pecho, exactamente sobre mi corazón.

Me aseguré de que pudiera percibir lo rápido que latía.

En mi interior desapareció el silencio. Ahora sonaba la mejor melodía de todas.

Tulipanes

¿Sabes esa sensación de estar leyendo una historia y sentir que el final está cerca? Pues hace varios días que me voy a dormir dándole vueltas.

Hace ya varios días que las enfermeras se miran entre ellas cuando se acercan a mí. Y yo no soy tonta, puedo distinguir ese brillo en la mirada, porque es el mismo que distingo en tus ojos o en los de mamá cada mañana. Y hace ya varios días que todo el mundo me sonríe como si no volviese a hacerlo nunca más.

Así que he dejado de tener miedo, y ha sido gracias al cambio de perspectiva: a mí no me queda mucho tiempo, pero tú tienes toda una vida por delante.

Ojalá la vida humana fuese como la de un tulipán: los bulbos se retiran y son sus propias hojas marchitas las que lo alimentarán el año que viene, cuando vuelva a florecer. Porque se renuevan cada año.

Todavía recuerdo el ramo que me regalaste cuando empezamos a salir, incluso puedo sentir ese olor. Conseguiste que todos aquellos tulipanes de colores se convirtieran en mi flor favorita. Si pudiese, cultivaría todas las variedades que existen para poder admirarlas día tras día. Incluso el tulipán loro, aunque sea tan difícil de conseguir.

Hoy he decidido cerrar este cuaderno para siempre. Le pediré a mamá que lo guarde, ella sabrá hacértelo llegar de la mejor manera y, desde ese momento, será tuyo.

Aunque sé que lo que viene no será nada bueno, espero que consigas salir adelante. Creo en ti con todo mi corazón.

Te quiero, Jasper.

Sonríe, pase lo que pase.

La chica de los tulipanes.

CAPÍTULO 20

Las flores tienen alma, ¿recuerdas?

—Son trece. —Me senté en el sofá con las piernas temblorosas y esperé a que Lelie lo hiciera a mi lado—. Las he contado. Trece... plantas.

—O sea, trece capítulos, ¿no?

Asentí, ignorando la irritación de mi labio inferior. Ambos congelamos la mirada en la cubierta, repleta de flores, sobre la mesita del salón. El silencio se rellenó con mis pensamientos, pesados y exigentes, hasta que ella apoyó su mano sobre mi rodilla y me hizo reaccionar.

—Léelo.

Asentí de nuevo, tragando saliva con fuerza. Me incliné hacia delante y sostuve el cuaderno entre las manos, con inseguridad, como si no fuesen simplemente un montón de hojas, sino que ella estuviera aquí. Volví a mostrar ante ambos la primera página: las azaleas y el recuerdo de la tarde anterior. Todo de golpe. La siguiente hoja hizo crujir el lomo en cuanto quedó a la vista.

—«*Reina de la noche*» —recordé, tal y como habíamos leído en el coche. Lelie reforzó el contacto, trazando círculos imaginarios sobre mi rodilla—. «...*he encontrado un blog sobre botánica súper interesante. La entrada de hoy hablaba de la reina de la noche*...».

Me detuve y giré la cabeza hacia Lelie. Esa última frase había despertado su curiosidad y se mantuvo atenta, con el ceño ligeramente fruncido.

—«...*como la de mi ópera favorita*». —Liberé todo el aire de los pulmones, tembloroso.

—¿Le gustaba la ópera?

Asentí y una sonrisa ocupó mi rostro de inmediato, recordando todos sus discos y el entusiasmo con el que me los mostraba.

—Su sueño era escucharla en directo. —Me dolió hablar en pasado. Me dolió por ella, porque ya no estaba aquí para cumplirlo.

Lelie guardó silencio en lugar de responder y pasé a la siguiente página.

—«*Aros gigantes*». —El título—. «...*me he dado cuenta de que en esta vida no existe el azar, todo tiene una explicación*...». —Apreté los labios, pues para mí todo había sido cuestión de mala suerte—. «*¿Crees que también existe una* *justificación para mí? ¿Qué nada de esto es cuestión de mala suerte?»*.

La vista se me nubló de un momento a otro y parpadeé para tratar de evitarlo.

Pasé la página con rapidez.

—«*Anturios*». —La expresión de Lelie se llenó de luz, pillándome por sorpresa—. «*Me encanta San Valentín, creo que tiene algo especial. ¿No crees? Veinticuatro horas para recordarte lo mucho que te quiero.*».

Lo cerré de golpe y lo alejé de mí como si quemara. Me esforcé por controlar mi respiración y dejé caer la espalda sobre el cojín.

—Es la flor del amor. —Ante su voz dulce, la atendí, permitiéndole distinguir el brillo triste que me cubría los ojos. Lelie imitó mi postura y apoyó la mejilla en mi pecho; su olor me inundó de inmediato—. Eso no es un diario normal, Jasper.

Negué con la cabeza, de acuerdo con ella.

—Las flores tienen alma, ¿recuerdas? —Levantó la barbilla para encontrar mi mirada. Su expresión estaba cargada de ilusión, y sonreía—. Y ella ha encajado cada una dentro de la suya propia. Se ha abierto, pero a través de todas esas flores.

—Como un... mapa —comprendí—, de sí misma.

—Exacto. —Orgullosa por haberlo entendido, ahora fue ella quien abrió de nuevo el diario, pero por una página aleatoria—. «*Flor de loto*». —Me mostró el papel—. «*...crece entre el lodo, en pantanos y atravesando las adversidades.*».

—No... no lo sabía.

—Yo también admiro esta flor, es una de las obras de arte más especiales de la naturaleza. —Sonrió, como si no pudiera creer que hubiese encontrado a alguien que amase lo mismo que ella—. «*Cuando salga de aquí, prométeme que veremos flores de loto juntos.*».

Mi corazón se encogió. Otra promesa suspendida en el aire, vacía.

Lelie continuó la lectura con rapidez, sin dejar tiempo para el silencio triste. Otra página aleatoria se abrió ante nuestros ojos.

—«*Pensar en ti consigue que, por un instante, reviva los inviernos paseando bajo la nieve o aquella vez que nos perdimos en el metro.*» —Se detuvo y, antes de que pudiera decir nada, con el corazón martilleándome en el pecho, se incorporó y posó sus labios sobre los míos durante un segundo. Sin pretenderlo, sonreí—. «*Pero intento seguir sonriendo y florecer radiante, a pesar de todo. Lo he aprendido de la buganvilla. No sé si se puede admirar a una flor, pero yo quiero hacerlo.*».

Cerró el diario y lo dejó sobre la mesa justo después, sin atreverse a romper el silencio que esa última frase había traído consigo. Cada vez se tornaba más denso, se me atascaba en el pecho y me obligaba a recordarlo todo sin parar. Una y otra vez. Mi respiración tembló cuando me animé a separar los labios:

—No sé… qué sentir —admití. Las lágrimas amenazaban con escapar y ella acarició con el pulgar la piel bajo mis párpados, adivinándolo—. Por culpa de… —Clavé la mirada en la libreta y dejé la frase morir— me he dado cuenta de todas las cosas que… nunca podrá cumplir. Todos esos… sueños que… no sirven para nada.

Me pasé una mano por la cara y me esforcé, en vano, por hacer desaparecer la presión tan intensa de la garganta, que mantenía rígida mi mandíbula. Entonces, Lelie sonrió y su mirada se iluminó justo antes de hablar:

—Hazlo tú. Cumple cada uno de sus sueños por ella. —Cambió de postura, quedando de frente a mí—. No tienen por qué perderse.

—¿Lo dices de verdad?

Asintió, mucho más entusiasmada que un segundo atrás.

—Yo puedo ayudarte. —Envolvió una de mis manos entre las suyas, transmitiéndome su calor—. Si quieres.

Alcé las cejas, sorprendido.

—¿Es eso lo que quieres?

—Me encantaría.

CAPÍTULO 21

Sueños de tinta

Mis padres regresaron a casa un poco más tarde, cuando la luz se escurría por entre las ventanas y daba paso a un anochecer de primavera, repleto de estrellas. Lelie llevaba al menos quince minutos decorando el título de la «Lista de sueños» y mamá alzó las cejas, claramente sorprendida, cuando leyó el nombre de Liva justo debajo.

Les mostré el cuaderno, sin entrar en detalles, y ambos miraron con ternura a Lelie, que se esforzaba al máximo porque cada uno de sus trazos quedase perfecto.

De nuevo los dos solos, empezamos la lectura desde cero, atendiendo a cada detalle que aquella chica había dejado plasmado en sus últimos días conmigo.

—Ópera —anunció ella justo antes de escribirlo, tal y como Liva mencionaba en «*Reina de la noche*».

Mientras tanto, continué analizando cada línea.

—Plantar anturios. —Lelie levantó la cabeza al momento—. Uno por ella y otro... por nosotros. —Mis mejillas entraron en calor mientras contemplaba su sonrisa. A continuación, leí exactamente lo que ponía en el diario—: «*...así nos acordaremos siempre de lo mucho que nos queremos.*»

Contemplé el folio, los sueños de tinta que pronto comenzaríamos a tachar, y pude imaginarme la sonrisa de Liva. Quise creer, mientras los repasaba uno a uno, que esto que estaba a punto de hacer era exactamente lo que ella habría querido.

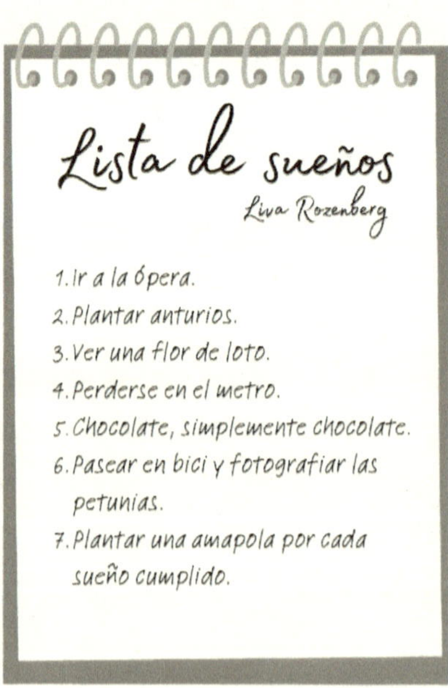

Lelie dejó el bolígrafo sobre la mesa y se estiró hacia atrás, contemplando lo que acababa de escribir desde la distancia.

—Vale —dijo—. Pues ya tenemos un plan.

—¿Por cuál empezamos? —La idea comenzaba a entusiasmarme.

Ambos repasamos cada punto y visualizamos qué debíamos hacer para completarlos, en silencio.

—Puedo encargar anturios en Bloemen. —Al tiempo que lo decía, lo anotaba en su agenda del móvil—. Es una flor de temporada, así que no será difícil. —Elevó los hombros—. También hay que buscar entradas para la ópera y un s...

—¿Es necesario planificar tanto? —reí. Me acerqué más a ella, hasta que nuestras rodillas se rozaron.

—Lo justo y necesario —vaciló, sabiendo que terminaría ajustando hasta el último detalle.

Tras sus palabras, dejamos que se colara el silencio. Cerré el cuaderno y lo dejé sobre la mesa, aunque esta vez con una sensación que me llenaba el pecho; ya no había rastro del miedo, estaba decidido a hacer esto.

—¿Sabes qué siento? —Esta vez fui yo, y ella respondió apoyándose sobre mi hombro—. Que esto ya no se trata solo de Liva.

Levanté su barbilla en mi dirección y ella sonrió, con los labios sellados y las mejillas sonrojadas. Desde esta distancia podía distinguir una pequeña sombra blanquecina, por esa falta de melanina que la caracterizaba, justo en la línea frontal de la frente. Acaricié su perfil como si fuera a romperse y sentí su propio escalofrío, y cómo respondió con un beso suave, pero que fue ganando intensidad con el paso de los segundos. Sonreí en sus labios.

—Eso no estaba en la lista —susurré.

—Podemos añadirlo.

Cortó mi risita con otro de sus besos, colocándose frente a mí. Esperó a que la abrazara por la cintura, como si necesitara mi permiso, y se acomodó sobre mi regazo, con ambas manos en mi nuca.

—Yo siento que... —Agachó la mirada un instante, al tiempo en el que toda su cara se coloreaba de una forma adorable. Enredó los dedos en el cordón de mi sudadera, distraídamente— te quiero.

Sonreí, incapaz de dejar de mirarla, mientras mi estómago se retorcía sobre sí mismo incontables veces. Le obligué a levantar la cabeza, posando mis dedos en su barbilla, y me encontré con su expresión tímida como aquel día en el que nos habíamos besado por primera vez.

—¿Te da vergüenza? —la pinché, con expresión vacilante, pues sabía que solo estaba consiguiendo que su cara ardiese más y más.

—No te rías. —Me golpeó en el pecho, apretando los labios para resistir la risa, inútilmente.

Separé las manos de ella un segundo para alzarlas, en son de paz.

—Ahora en serio. —Dejé de lado la ironía y volví a fijarme en ella.

—Un poco —murmuró. Me di cuenta del gran esfuerzo que le supuso aguantarme la mirada en ese momento.

Con el corazón creciendo a cada segundo, la rodeé con los brazos y la atraje hacia mí con fuerza; ella respondió apoyando el perfil en mi pecho.

—Yo también te quiero, Lelie —añadí, cerca de su oreja. Lo siguiente que noté fue su sonrisa formarse, completamente pegada a mí—. Podemos añadirlo a la lista también —bromeé.

Ambos reímos y ella se separó lo justo para mirarme.

—¿Sabes una cosa? —Me fijé en sus pestañas oscuras perfilando cada uno de sus párpados—. Me hace ilusión cumplirla contigo.

De nuevo tulipanes

4 de abril de 2026 - 22:06

Me encanta cómo, con un solo capullo, un tulipán puede acompañarte durante años. Cuando termina la primavera, los bulbos se recogen y se guardan para volver a plantar la temporada que viene, como si viviesen segundas oportunidades de forma constante. Las propias hojas secas son las que lo alimentarán y, cuando llegue el momento, podrá volver a florecer incluso mucho mejor que antes.

Ojalá todos fuésemos como tulipanes, ¿no?

Cada color tiene su historia: el rojo habla de amor, el amarillo de alegría, el rosa de ternura… y el blanco me transmite paz, elegancia. Todos tienen su lugar, todos encajan en algún momento.

Así que, cuando te pregunten por qué regalarías un tulipán, la respuesta más acertada siempre será: ¿por qué no?

CAPÍTULO 22

Bicicletas y petunias

En la mañana de sábado me presenté en la floristería cuando Lelie todavía estaba subiendo la verja. Su mirada se iluminó en cuanto me distinguió, desde la distancia, y se acercó corriendo a abrazarme.

—¿Preparada para empezar a tachar? —Saqué el papel de mi bolsillo.

—¿Ya has elegido? —se interesó, acomodando las macetas del exterior.

Asentí, emocionado, y la ayudé a cargarlas una a una. El sol de mediados de abril nos calentaba las mejillas y lograba que sus iris parecieran incluso transparentes, apenas corría aire y el silencio propio de estas horas, esta vez, se me antojó extremadamente agradable.

—Creo que hace el día perfecto para dar una vuelta en bici.

—¿Petunias? —Contuvo el saltito de emoción, aunque no se retractó de fulminarme con evidente felicidad.

Asentí, sorprendido de que pudiese acordarse del capítulo exacto, y continué ayudándola.

La mañana se esfumó fugaz y con ella la gran mayoría de los clientes. Cada día que pasaba admiraba más la forma de trabajar de Lelie, la pasión que transmitía cada una de sus palabras y, evidentemente, las miradas de reojo que me dedicaba cada poco tiempo.

Unirme a ella cada sábado se había convertido en lo habitual desde hacía meses, pues yo no trabajaba y a ella le encantaba que lo hiciese a su lado. De vez en cuando me encargaba de reparar alguna posible avería y, de esa forma, me había ganado el corazón de sus padres, que me recibían cada fin de semana con los brazos abiertos. Desde entonces, Bloemen se había convertido en mi segunda casa, y Lelie en mi segunda familia.

Pasado el mediodía, cuando la campanilla dejó de sonar con la misma frecuencia, Lelie apoyó los codos sobre el mostrador y sentí sus ojos en mi espalda. Terminé de ordenar los últimos paquetes de semillas en el estante y me giré hacia ella, que sonreía con pillería.

—Creo que ya podemos escaparnos. —Recorrió la floristería con la mirada; sus padres atendían al único par de clientes.

Sin dejarme siquiera responder, se deshizo del delantal, lo colgó con rapidez e hizo sonar la campana por última vez en el día. Caminé tras ella, desdoblando el papel de mi bolsillo, y volví a contemplar la lista, con una incipiente sonrisa y la certeza de que Liva estaría orgullosa de esto.

En cuestión de diez minutos nos acercamos a la tienda de bicicletas a la que tantos turistas solían acudir a lo largo del año, cerca de la Estación Central, y regresamos al exterior subidos en un par de color amarillo vibrante, como si también fuésemos nuevos en la ciudad.

El viento nos daba de lleno en la cara y, por consecuencia, el pelo de Lelie se sacudía hacia atrás. Reí al verla intentar domarlo con una sola mano mientras mantenía el equilibrio con la otra.

—Si te caes —alcé la voz para que pudiese oírme y me pegué más a ella— fingiré que no te conozco.

Apretó los labios con fastidio mientras yo seguía riendo y aceleró hasta colocarse delante de mí. Pedaleamos sobre los canales, dejando atrás paisajes de los que Ámsterdam presumía en muchas de las postales, y sentí que la ciudad era únicamente nuestra, que no había nadie más a nuestro alrededor. Abril era el mes de las flores y, por eso, los turistas se agrupaban en cada esquina, ansiosos por hacerse con uno de esos suvenires en forma tulipán, recorrer los canales al anochecer o sacarse las mejores fotos. Por eso, cuando nos detuvimos sobre el canal del Príncipe, del que Liva hablaba en su diario, ni siquiera nos sorprendió que la cola se extendiera varios metros.

Sin embargo, lo primero que atrajo mi atención fueron las enormes macetas que colgaban del puente, y mi corazón, todavía acelerado por el ejercicio, fue capaz de sentirla a ella, justo ahí.

—¿Eso son... petunias? —Señalé con la mirada, aunque Lelie también las había estado contemplando. Mi respiración comenzaba a recuperar la normalidad.

—No todas —indicó. Destacaban pétalos de una amplia gama de colores—. Las que son completamente rojas, son geranios.

Se acomodó el pelo, todavía con esa sonrisa de felicidad en la cara, y entrelazó sus dedos con los míos mientras esperábamos. Cuando llegó nuestro turno, me acerqué directamente a la maceta para sacar la foto que había prometido.

—Espera —me detuvo, con su mano alrededor de mi muñeca—. ¿Y si nos la sacamos nosotros? Una por cada elemento tachado de la lista.

Se apoyó ligeramente en el muro, con el agua reflejando el cielo a sus espaldas y con una sonrisa que fue suficiente. Le pedí al siguiente en la cola que nos sacara la foto y me coloqué a su lado, con la maceta junto a nosotros para dejar constancia de que habíamos cumplido nuestro objetivo.

Lelie apoyó la cabeza en mi hombro y me abrazó por la espalda; su cara estaba llena de luz.

El *clic* nos rodeó, un sonido seco que enmarcó no solo un sueño cumplido, sino un nuevo recuerdo que era solo nuestro.

—Uno menos —añadí con nostalgia, subiéndome de nuevo a la bicicleta—. Quedan seis.

—Y la primera amapola. —Sonrió y comenzó a pedalear, avanzando delante de mí.

CAPÍTULO 23

Sueños de loto

—¿De verdad no lo conoces? —Parecía realmente asombrada mientras esperábamos, rodeados de gente.

Negué otra vez con la cabeza y ella se llevó los dedos al puente de la nariz. Era temprano por la mañana y el sol todavía no calentaba lo suficiente; por eso iba envuelta en una gruesa chaqueta de punto, con florecitas por todas partes.

El siseo del tranvía que se detuvo frente a nosotros cortó la conversación. Un par de personas se colocaron justo en la puerta, impacientes por subir.

—*Línea 14, dirección Flevickpark* —anunció el megáfono.

—Es el nuestro. —Se pasó el bolso de nuevo por la cabeza y la seguí.

Avanzamos entre el montón de gente que se aferraba a las barras metálicas. Lelie consiguió hacerse un hueco junto a la ventana y me arrastró antes de que alguien me ocupara el sitio. El vehículo retomó la marcha con otro suave siseo y el murmullo se instauró a nuestro alrededor.

—No puedo creer que nunca hayas visitado el jardín botánico. —Me observó como si mi cara hubiese cambiado de repente. Yo reí—. Te gustará.

Acababa de descubrir que el Hortus Botanicus era uno de sus lugares favoritos, y me quedó todavía más claro mientras la escuchaba parlotear durante todo el trayecto. Era uno de los jardines botánicos más antiguos del mundo, dedicado inicialmente al cultivo plantas medicinales, y que hoy se trataba de un oasis verde en el corazón de la ciudad. Lelie lo había visitado tantas veces que parecía conocer de memoria hasta el dato más insignificante, como la historia del café en América.

—Llegó a Brasil gracias a unos ladrones, ¿sabías?

—No me gusta el café —reí.

Ahora sí que me miró como si fuera un extraterrestre y exhaló todo el aire de forma divertida. Me agarró de la mano y bajamos del tranvía en *Plantage Kerklaan*, a unos metros de nuestro destino. Nada más cruzar la entrada del jardín, nos rodeamos del intenso aroma de las plantas e incluso del murmullo de los demás visitantes, aunque no eran demasiados. Lelie compró las entradas y me sorprendió que se parase a saludar a la mujer de la cabina como si fueran amigas de toda la vida —aunque no era para menos—.

—¿Crees que encontraremos una flor de loto?

—No exactamente —No entendí del todo su respuesta—, pero confía en mí.

Tomó uno de los mapas de la entrada, aunque sospeché que no lo necesitaría, y lo abrió para que ambos pudiésemos verlo. Ni siquiera lo revisó demasiado, enseguida me indicó por dónde debíamos ir.

—¿Sabes qué es lo mejor? —Otra de sus preguntas con esa adorable emoción—. Que seguimos en el centro de la ciudad y ni siquiera lo parece.

Tenía razón. Mirases adonde mirases solo había verde, invernaderos, edificios con trepadoras que escalaban la fachada e insectos revoloteando a su libre albedrío. Tuve la impresión de que a Liva este lugar le habría encantado.

Avanzamos por el sendero de grava perfectamente diferenciado y atravesamos el jardín histórico, tal y como indicaba el mapa. A nuestro alrededor se levantaban árboles con cientos de años y los primeros parterres rectangulares, que organizaban las plantas medicinales. Más tarde, nos detuvimos frente a un invernadero acristalado gigante.

—Este es el edificio más conocido. —Lelie levantó la cabeza para admirarlo en todas sus dimensiones, el verde se reflejaba en sus pupilas brillantes—: El invernadero de las palmeras.

—Sospecho que contigo no necesito guía turístico.

Caminé tras ella, que me miró por encima del hombro y apretó los labios, ocultando la diversión. Continué riéndome hasta que el calor del interior nos golpeó de lleno, contrastando enormemente con el fresco al que comenzaba a acostumbrarme. En lugar de hablar, Lelie se mantuvo en silencio mientras caminábamos por las pasarelas, rodeados de plantas tropicales y palmeras que rozaban el techo, como si fuese una especie de ritual. La luz apenas se abría hueco por entre las enormes hojas y la humedad pesaba en el ambiente; tan solo se distinguían el goteo del agua, nuestros pasos y un suave ventilador de fondo.

Sin siquiera salir del edificio, pareció que alguien absorbía de golpe toda la humedad y el aire se secó, llegando a mis pulmones de forma brusca. Nos habíamos adentrado en la zona desértica, con cactus y suculentas que parecían esculturas, rodeados de arena y toda la claridad que antes faltaba.

En la zona tropical recuperamos parcialmente la humedad, y al contrario que las salas anteriores, transmitía una sensación de desorden bastante llamativa, aunque sospechaba que nada estaba colocado por casualidad.

—Hay especies que nunca llegan a florecer aquí —murmuró Lelie, en un tono suave como si temiera molestar a la propia vegetación, que desprendía un intenso olor—. Supongo que porque no llega a ser su verdadero hábitat, pero siguen siendo atractivas.

Admiré todo mi alrededor con la misma ilusión con la que lo hacía ella, como si fuese su primera vez. Las plantas carnívoras parecían esconderse por el suelo y me sorprendió toparme incluso con varias orquídeas de colores.

La brisa del exterior agitó el mapa en mis manos mientras cruzábamos un pequeño patio. Lelie avanzaba mirándome a mí y comenzó a dar saltitos en cuanto nos acercamos a un invernadero independiente.

—Esta es mi parte favorita —anunció, esforzándose por mantener un tono tranquilo y provocándome una sonrisa—. Un consejo: camina *muuuuuy* despacio. —Añadía cada vez más expectación.

Fruncí el ceño y ella soltó una pequeña risita antes de tirar de mí. Nada más atravesar la entrada, recuperamos parte de la calidez anterior y la luz se colaba tamizada por los cristales.

—Bienvenido a la casa de las mariposas, Jasper. —Giró la cabeza en todas direcciones, con la emoción latente en cada parte de su cuerpo, y yo me quedé inmóvil en cuanto, efectivamente, todos esos insectos de colores revolotearon, alejándose del ruido—. Es una pasada —susurró.

Hice caso de su consejo y reduje mi velocidad hasta que pareció que ni siquiera estaba avanzando. Mariposas de colores realmente alucinantes cruzaban sin miedo frente a nosotros, y casi parecía que podías acariciarlas si estirabas el brazo. Algunas se posaban sobre las flores, absorbiendo el néctar, y otras lo hacían en el suelo, llegando incluso a camuflarse.

—Jasper. —Se peleó con su bolsillo, rebuscando, sin dejar de fijarse en mí—. No te muevas.

Desvié la mirada tan solo un milímetro, hacia donde Lelie enfocaba con el teléfono móvil, y contuve la respiración al encontrarme a una mariposa sobre mi hombro. Sus alas eran transparentes excepto por el rededor, donde se concentraban el naranja y marrón de forma repentina. Tuve miedo de moverme, de pestañear e incluso de respirar demasiado fuerte por si la espantaba, y ella, con esas alas tan finas como la seda, me acarició la mejilla antes de volver a alzar el vuelo.

—Le he caído bien. —Sonreí, acercándome a Lelie para que me mostrase la imagen.

—No te lo creas demasiado.

Intenté contener la risa hasta que salimos, sin apartar la mirada de su expresión: tenía las cejas alzadas y me vigilaba con superioridad.

—No te celes, Lirio. —La pinché en la mejilla.

Ella me devolvió el gesto, sin ser capaz de contener la carcajada.

—No te flipes, Tulipán.

Sorprendido por su contraataque, estallé a reír otra vez y no dejé que avanzase; envolví sus mejillas con una sola mano y la besé un segundo, consiguiendo que se sonrojara.

—Podemos seguir —anuncié. Ella se había quedado inmóvil y recuperó la distancia aumentando la velocidad. En cuanto llegó a mi altura, me golpeó en el costado con el codo, sonriendo.

Tal y como indicaba el mapa, que solo yo estaba utilizando, solo nos quedaba una última zona, por lo que supuse que sería el motivo por el que estábamos aquí. Todavía no tenía muy claro qué íbamos a ver, pero me dejé guiar como había estado haciendo desde el principio, atravesando el sendero.

Ante nosotros se abrió, sin previo aviso, un gran estanque de agua oscura, casi negra, resultando imposible comprobar si bajo él nadaba algún pez. Nada impedía acercarse, ni una sola barandilla que obstaculizase el paso, por lo que pudimos vernos reflejados nada más asomarnos. Libélulas, zapateros y otras muchas especies que lo habitaban revolotearon a nuestro alrededor.

—Mira. —Lelie atrajo mi atención, señalando unos metros más hacia delante—. Son las hojas de la Victoria amazónica.

Flotando, como si fueran platos sobre el agua o incluso plataformas, se distinguían un par de hojas con los bordes levantados, de un color verde intenso. Algunas parecían enrollarse sobre sí mismas, en proceso de crecimiento.

—Ahora todavía son pequeñas —me informó—, en verano pueden alcanzar hasta los dos metros de diámetro e incluso soportar el peso de un niño pequeño.

Alcé las cejas, asombrado, y ambos nos acercamos un poco más, bordeando el estanque.

—Aquí quería traerte. —Su mirada se entristeció un instante, sin esperarlo—. En verano se pueden ver las flores, si hay suerte; es uno de los fenómenos más fascinantes de este jardín. La primera noche nace blanca y la segunda se vuelve rosa, asemejándose a... la flor de loto.

Entendí, entonces, a dónde quería llegar.

—Podemos volver en junio, si quieres. —Intentó sonreír en mi dirección.

Levanté la cabeza, observando todo mi alrededor con verdadera admiración. Puede que no encontrásemos exactamente lo que esperábamos, pero había ganado otro gran recuerdo con ella.

—¿Qué es eso? —Señalé al frente, al estanque que seguía a este, un poco más lejos.

Sobre el agua parecían flotar finas hojas verdes, redondas y planas sobre la superficie. A su lado, pequeñas flores de color crema parecían recién abiertas. Lelie se giró y suspiró en una pequeña sonrisa.

—Son nenúfares. —Se acercó todavía más; si estiraba la mano, podría incluso rozarlos con los dedos—. Parecen lotos, pero no lo son —rio, divertida porque yo hubiese caído en la trampa—. La mayoría de la gente los confunde.

—Pues yo creo que nos sirven, ¿no? —Saqué el móvil de mi bolsillo. El rostro de Lelie se iluminó—. ¿Una foto?

Lo apoyé a unos metros de nosotros, sobre una roca, y nos sentamos juntos en el borde del estanque, procurando que los nenúfares quedasen a nuestro lado. La abracé por los hombros y, en cuanto levantó la cabeza, riendo, nos llegó el sutil *clic*.

—¿Quieres repetirla? —Se la mostré: la sonrisa achinaba sus ojos, clavados en mi perfil y, a continuación, los *casi-lotos*.

—Me gusta. —Se puso de puntillas y me dio un beso en la mejilla antes de dirigirse hacia la salida.

La observé durante unos segundos: su melena se balanceaba con el viento y le cubría hasta los omoplatos, los vaqueros rozaban el suelo sin llegar a tocarlo y ella parecía andar a saltitos, justo antes de girarse hacia mí.

—¿Vamos? —Pestañeé varias veces y asentí.

Las conversaciones de fondo nos alcanzaron en cuanto llegamos a la cafetería, justo al final del parque. Nos sentamos en una de las mesas libres y esperamos a ser atendidos, todavía rodeados de arbustos y árboles antiguos.

—Me ha gustado mucho —admití, claramente impresionado—. Es muy... tú.

Lelie asomó una sonrisa, dándole un trago a su café.

—¿De verdad? —Asentí, admirando mi alrededor—. Entonces volveremos en verano.

—Tengo algo para ti —la sorprendí, de repente.

Lelie me atendió, con los ojos bien abiertos y la espuma del café todavía en los labios, y siguió los movimientos de mis manos. Abrí la cartera, extraje los dos pedazos de papel que había guardado la noche anterior, los dejé sobre la mesa y esperé a que los leyera; su cara cambio al instante.

—¿Vienes a la ópera conmigo, Lelie? —reí. Ella, impresionada, cogió una de las entradas y alternó la vista entre ambos.

—¿Cuándo las has comprado? —Abrió la boca, alucinada.

Elevé las palmas de las manos, dispuesto a conservar la sorpresa.

—Ya solo quedan cinco. —Recuperé la lista, con uno de los sueños tachado, y tracé una nueva línea. Ambos sonreímos, orgullosos.

—Me gusta hacer esto contigo. —Sus mejillas se colorearon.

—Y a mí.

Pienso en él

13 de abril de 2026 - 23:44

```
El verde es el color de la vida.
El verde es su color.
```

CAPÍTULO 24

Noches de ópera

Una semana después de haber tachado el segundo elemento de la lista, me encontraba acomodándome el traje frente al espejo. Cumplir este objetivo me hacía especial ilusión porque ambos debíamos arreglarnos más de la cuenta, y eso era algo que se salía por completo de la rutina.

Con los nervios a flor de piel, paré el coche frente a la casa de Lelie y esperé a que bajara. En cuanto apareció, con un vestido negro y largo hasta los pies, tragué saliva y la repasé de abajo arriba. Los tacones resonaban a cada uno de sus pasos y el maquillaje la hacía parecer unos años mayor. Se sentó a mi lado y su perfume inundó de golpe todo el interior.

—Guau. —Volví a observarla, ahora más de cerca. Sus ojos destacaban entre la oscuridad de sus pestañas y se había recogido los mechones frontales hacia atrás, como si un aro de luz le rodease la cabeza. Lelie, ante mi exclamación, sonrió con timidez, y el rojo de sus mejillas se distinguió incluso bajo el maquillaje.

Ambos nos mantuvimos inmóviles, como si necesitásemos asimilar la situación.

—Jasper —me reclamó, girándose de nuevo en mi dirección—, estoy nerviosa.

Dejó escapar el aire de los pulmones y se analizó las uñas, en busca de una distracción.

—Yo también —admití. Su atención volvió a mí y me fijé en lo mucho que brillaban sus labios—. Esto es muy... diferente.

Asintió, sin saber exactamente qué palabra utilizar.

—Tengo dieciocho años. —Suspiró—. No sé si encajo muy bien allí dentro.

—Yo también, ¿eso qué más da?

—Estará lleno de señores adinerados. —Ante sus palabras, solté una risotada que se le contagió—. Se me van a quedar mirando. —Repasó su vestido hasta los tacones, que dejaban sus dedos a la vista.

—No más que yo.

Suspiró en una sonrisa y volvió a mirarme.

—Eso no ayuda. —Negó con la cabeza, divertida.

—Pruebo otra vez. —Me incliné para tenerla casi de frente—: Vamos, nos sentamos en nuestro sitio, ponemos cara de expertos en ópera, fingimos que entendemos todas las letras y cuando llegue el descanso, nos vamos a comer algo.

—Eso suena mejor.

Le di un beso en la mejilla, para no estropearle el maquillaje, y arranqué el motor. Tan solo la luz de las farolas iluminaba la carretera y las calles yacían en silencio, a excepción de los coches. En cuestión de diez minutos, aparqué junto al río Ámstel y ambos contemplamos el enorme teatro institucional, Ópera Nacional y Ballet, cuya fachada en tonos claros y grandes superficies de cristal imponía tanto como quienes se acercaban a la entrada.

—Mira toda esa gente —murmuró, con la mirada clavada en las parejas que pasaban por nuestro lado, a través de la ventanilla.

—Lo haremos por Liva. —Me desabroché el cinturón e hice lo mismo con el suyo—. Y por nosotros. —Apoyé mi mano sobre su rodilla, cubierta por la tela del vestido, y reaccionó en cuanto la acaricié. Ambos sonreímos.

Lelie se pasó la chaqueta por los hombros en cuanto pusimos un pie en el exterior y se pegó a mí, en un intento de ganar seguridad. La abracé por la cintura y juntos caminamos entre la multitud. Nada más cruzar la puerta, las voces se transformaron en sutiles murmullos, como si se tratara de una norma no impuesta pero que todo el mundo conocía. El espacio se abrió hacia arriba: cristal, mármol claro y un vestíbulo tan grande que prohibía quedarse quieto. Avanzamos a pasos cortos y atendimos a cualquier detalle de nuestro alrededor, como si el entorno nos obligara a hacerlo.

Había gente de pie sin hacer nada en concreto, algunos ojeaban el programa, otros parecían comentarlo en susurros y, sobre todo, nadie parecía tener prisa ni destacaba por su emoción.

Con una sensación de exigencia que pesaba sobre nuestros hombros seguimos el movimiento natural del resto de la gente, y los murmullos del vestíbulo se fueron amortiguando por alfombras mullidas y pasillos estrechos. Finalmente, un enorme teatro se abrió ante nuestros ojos, donde los abrigos de piel estaban por todas partes y cada paso resonaba hasta volverse infinito. Las butacas en tonos carmesí y la madera oscura le daban un aspecto clásico, acompañado de las luces tenues que iluminaban los pasillos veinte minutos antes de comenzar.

El acomodador nos interceptó antes de que pudiésemos decir nada, miró por encima nuestras entradas e hizo una seña con la cabeza: primero hacia un lado y luego hacia arriba, como si eso fuera suficiente. Asentimos, aunque sin tener muy claro por qué, y seguimos la dirección indicada.

Subimos. Primero por una escalera amplia, todavía iluminada, y luego por otra más estrecha que se bañaba en penumbra a cada paso. Los murmullos del teatro fueron quedando atrás; aquí ya nadie hablaba, tan solo se oía el roce de la ropa y el crujir de alguna butaca.

En el nivel seis el espacio se abrió de nuevo. Una barandilla separaba nuestra zona del vacío y, nada más asomarnos, el teatro apareció bajo nuestros pies: butacas ordenadas en filas imposibles, balcones superpuestos y, al fondo, el escenario iluminado bajo un potente foco. El vértigo me recorrió la columna y decidí no moverme demasiado. Lelie, a mi lado, parecía tener miedo de respirar demasiado fuerte.

Otro acomodador volvió a aparecer, revisó nuestras entradas y nos indicó la fila correspondiente. Nos colamos entre las butacas, disculpándonos en susurros, y el cojín pareció abrazarnos en cuanto nos sentamos. Desde aquí arriba todo parecía más pequeño, la gente seguía entrando pero apenas se distinguía su silueta, como manchas oscuras que se movían con mucha seguridad. Sin que nadie lo pidiera, el murmullo se fue desvaneciendo.

—Siento que nos van a echar en cualquier momento. —No pude distinguir su expresión, pero intuí que contenía la risa, cargada de nervios.

—Esto es lo más raro que he hecho nunca.

Busqué su rodilla en la semioscuridad y apoyé la mano, ella respondió entrelazando sus dedos con los míos. Sus labios se acercaron a mi perfil un segundo, sin esperarlo, y la oí susurrar antes de que todo se apagara y que nuestra atención fuese directa al centro:

—Es una cita... interesante. —Sonrió. Yo también lo hice, inevitablemente.

El silencio se formó de golpe y, a continuación, todos los focos apuntaron hacia el escenario. Una especie de cubierta, como la de un barco, destacaba en el centro, y a su alrededor paseaban algunos intérpretes con trajes de época.

En cuanto la mujer protagonista salió a escena e inundó el teatro con las primeras notas, dando comienzo a «*La Pasajera*», ambos nos miramos, sorprendidos. Su voz se volvía cada vez más intensa y acariciaba las paredes del auditorio, atrapando los cientos de ojos que la observaban. Recordé de inmediato a Liva y todas aquellas tardes en las que había intentado transmitirme su amor por la música clásica, esa que había crecido junto a ella desde el día de su nacimiento. Mis ojos se aguaron y contuve la respiración unos segundos, mientras más voces se unían a la protagonista en una especie de conversación cantada.

El tiempo se pasó volando, absortos por completo en el espectáculo, y volvimos a mirarnos en cuanto los músicos desaparecieron por los laterales del escenario y las luces de todo el teatro se prendieron, aunque sutiles.

—El intermedio —supuse. La gente a nuestro alrededor comenzaba a levantarse, la mayoría en dirección al bar.

Lelie alzó las cejas, con expresión divertida.

—¿Has entendido algo de lo que decían? —En cuanto negué con la cabeza, con una sonrisa, me dio la razón—.

Pero ha sido... alucinante —suspiró, dejándose caer contra el respaldo.

Sus palabras me llenaron de ilusión.

—Se me ha puesto el pelo de punta. —Me mostró su brazo como prueba—. La verdad es que me ha sorprendido. Liva estaría muy orgullosa de ti.

Eso último me pilló desprevenido, mi pulso se aceleró con ella de nuevo en mis pensamientos.

—¿Lo crees en serio?

Asintió con seguridad. En ese momento, sacó su móvil del bolsillo y lo zarandeó en el aire. Nos levantamos y, revisando a cada persona que había de pie a nuestro alrededor, nos colocamos de espaldas al escenario. Lelie le pidió a una mujer, que había venido sola e iba envuelta en un enorme abrigo de pelo sintético, si podía sacarnos una foto, y me sorprendió el entusiasmo con el que aceptó.

—Si nos viese aquí ahora... —Admiró todo su alrededor, sin dar crédito, y clavó la mirada en la imagen.

—Pensaría que estamos locos —reí.

En lugar de responder, se acercó a mí y ahogó su risa uniendo nuestros labios. Envolví sus mejillas con las manos y saboreé el brillo de labios, que quedaría arruinado. Intentando molestar lo menos posible, recuperamos nuestros asientos.

—¿Sabes lo que siento? —Susurré, recuperando la privacidad y sin separarme apenas de ella. Lelie me mantuvo la mirada, las luces amarillentas se reflejaban en sus pupilas—. Que cumplir esa lista ya no es mi prioridad.

—¿Y cuál es? —Repitió otro beso corto antes de sonreír.

—Ya sabes la respuesta. —Me alejé solo unos centímetros para distinguir su expresión con claridad.

—Quiero oírla. —Me pinchó—. ¿O es que te da vergüenza, Jasper? —Me clavó el dedo en el costado, riendo por lo bajo ante el rojo que dominaba mis mejillas.

Negué con la cabeza, evitando que leyese mi expresión.

—Dilo —continuó.

Suspiré con una sonrisa.

—Tú.

—¿Yo qué? —Soltó una pequeña carcajada.

—Ya basta. —Me llevé los dedos al puente de la nariz mientras el calor me recorría la espalda—. Me estoy volviendo demasiado cursi.

Ella rio, sin llamar demasiado la atención, y me obligó a mirarla apoyando los dedos en torno a mi barbilla.

—Qué mono —murmuró. A su alrededor, las luces volvían a apagarse, dando paso a la segunda parte.

Me dio un beso antes de que pudiera esconder la cara de nuevo y agradecí que la penumbra nos envolviera.

***

El frío del exterior fue lo primero que nos llegó en cuanto atravesamos el vestíbulo, entre los asistentes que, desde que se había terminado, no habían dejado de comentar la obra. Lelie y yo, aun sintiéndonos completamente ajenos a ese mundo, habíamos disfrutado la actuación sin siquiera saber qué nos íbamos a encontrar. Por eso, en cuanto nos sentamos de nuevo en el coche, tachamos ese sueño de la lista con mucha más emoción que los anteriores.

—¿Sabes? —atrajo mi atención—. Creo que volvería. —Sus ojos brillaban a pesar de la escasa luz y sus palabras desprendían verdadero entusiasmo—. Me ha gustado mucho.

—Podemos volver la próxima vez. Sin listas. Solo nosotros.

Asintió con una sonrisa y perdió la vista en la ventanilla, observando a todo el mundo alejarse. Me incorporé a la carretera y, en lugar de volver en dirección a casa, tomé un camino que ambos conocíamos muy bien. Lelie me analizó, con las cejas enarcadas.

—¿McDonald´s? —pregunté.

Atendí de reojo a su expresión. Soltó una pequeña carcajada que fue respuesta suficiente.

En cuanto estuvimos junto al micrófono para pedir, Lelie bajó la ventanilla sin dejarme tiempo para pensar.

—Pónganos todo lo que lleve chocolate, por favor.

—¿Qué haces? —reí.

—Cumplir otro de los sueños. —Se acomodó el pelo con las manos—. Y no dejar de lado nuestra... ¿tradición?

Y eso fue exactamente lo que hice: continuar con esa "tradición" que hacía meses, sin querer, habíamos inventado. Fue por eso que conduje hasta el mismo puente de siempre y, ahora que el cielo estaba despejado, pudimos distinguir perfectamente las estrellas a través del cristal.

—*Mi favogito ez el de cagamelo* —Tragó, de golpe—, pero este no está mal.

Estallé a reír, todavía retirando el papel de mi muffin, y ella hizo lo mismo, con restos de chocolate en las comisuras.

Encendí la radio y las primeras notas de «*Flowers Need Rain*» se extendieron por todo el interior. Me alegró comprobar, por el cambio en su expresión, que no la conocía.

—Me gusta cómo suena. —Sonrió. Sus ojos se achinaron, todavía con el maquillaje intacto.

Asentí, subiendo el volumen y atendiendo a la letra, que había comenzado a aprenderme inconscientemente.

—¿Hacemos una foto? —dijo de pronto, tendiéndome otro de los bollos. A continuación, pegó su mejilla por completo a la mía y fingió darle un bocado a su galleta al tiempo en el que pulsaba el botón de la cámara.

—Solo quedan tres. —Me pareció distinguir cierta pena en sus palabras—. Y... habremos terminado.

—Todavía no me creo que vayamos a conseguirlo.

Sonrisas y corazones

22 de abril de 2026 - 21:00

Las sonrisas solo existen de corazón.
Me he dado cuenta últimamente.

CAPÍTULO 25

Dejándonos llevar

—La verdad es que esto me da un poco de miedo. —Lelie levantó la mirada hacia el cartel de próximas llegadas y se acomodó el bolso sobre el regazo.

—Pues yo creo que será divertido.

—¿Y si nos perdemos de verdad?

—Esa es la intención, ¿no?

Elevó los hombros. Su manía del control le impedía mantener la guardia baja y no dejaba de analizar su alrededor. Hacía diez minutos que habíamos llegado a la estación de metro y todavía no habíamos decidido en cuál subirnos.

—¿Y si no sabemos volver?

Intenté ocultar la sonrisa que me provocaba su genuina preocupación.

—Vamos. —Me levanté de golpe y la sujeté por el brazo, obligándola a seguirme. En cuanto se colocó a mi lado, la abracé por los hombros para mantenerla pegada a mí—. Será divertido.

No respondió; en su lugar, mantuvo la mirada fija en el metro que se acercaba en ese momento y tragó saliva en cuanto las ruedas chirriaron, frente a nosotros.

—Línea 52 hacia Noord-Zuidlijn.

—Este es perfecto. —Nos abrí paso entre la gente, con bastante dificultad.

—¿Has subido alguna vez?

—No —reí—. Por eso es perfecto. Ahora siéntate y alegra esa cara.

La incité a pasar primero, hacia el asiento de la ventana, y me coloqué a su lado. No pude evitar reír ante su ceño fruncido y la manera en la que se aferraba al bolso, desprendiendo una exagerada tensión.

—¿Qué es lo peor que puede pasar? —Me estudió, intentando encontrar una respuesta a mi pregunta—. ¿No saber cómo volver?

—¿Por ejemplo? —Su tono cargado de ironía, como si no diese crédito de mi comodidad.

—Llamaré a mi padre. —Elevé los hombros y la atraje más hacia mí, hasta que su cabeza se apoyó en uno de ellos—. Vamos, Lirio, será divertido.

—Solo mi tío usaba ese apodo. —Escupió una risita. Primer paso hacia la despreocupación.

—Usaba —recalqué—. Tú lo has dicho. Ahora somos dos.

—Me gusta.

—¿El qué?

—Cómo suena cuando lo dices tú.

Sonreí y apoyé los labios en su frente. Lelie dejó escapar todo el aire, esforzándose por olvidarse del control, y analizó a cada persona de nuestro alrededor como si tratase de adivinar sus circunstancias.

En cuestión de minutos, el metro ya había hecho varias paradas, y en cuanto anunció la primera que no conocía en absoluto, pulsé el botón de «*stop*».

—Nos bajamos. —Me levanté rápidamente y ella alternó la mirada entre la pantalla y mi mano sujeta a la barra.

—*¿Zuid*?

—Ni idea, pero no suena mal —reí. La sujeté de la mano y, en cuanto las puertas se abrieron, ambos bajamos de un saltito.

Recorrimos la estación con la mirada: apenas un par de personas observaban el mapa y el resto avanzaba directo hacia la salida.

—¿Qué hacemos ahora? —quiso saber, sin moverse demasiado.

—¿Un transbordo? —propuse.

Exhaló de golpe en lo que pareció una risa, sin esforzarse ya por entender la situación. Negó con la cabeza con expresión irónica y se unió a mi decisión.

—Será divertido —repitió mi mantra, intentando autoconvencerse.

Esperamos de pie junto a la línea que impedía acercarse a las vías y en cuanto apareció el primer metro, la línea 51, nos subimos. Había tanta gente que no encontramos sitio para sentarnos, así que nos colocamos directamente junto a la puerta.

—¿Nos bajamos en Ámstel? —pidió, agradecida por encontrar un destino que conociese.

—Y hacemos un último transbordo.

Terminó aceptando porque sabía que no tenía elección, puso los ojos en blanco, con una sonrisa, y se mantuvo en silencio lo que duró el trayecto.

De nuevo sobre tierra firme, y aprovechando que no había nadie a nuestro alrededor, Lelie sacó el móvil para dejar constancia de ese momento. Detrás de nosotros colgaba el cartel con el nombre de la estación y se aseguró de que saliera en la foto. A continuación, avanzamos entre un par de pasillos iluminados tan solo por una tenue bombilla y cruzamos al otro lado, esperando al metro en sentido opuesto. En cuanto volvió a parar la línea 51, en dirección a *Centraal Station*, retomamos el viaje.

—Esto es lo más raro que he hecho en mi vida.

—Pero admite que te está gustando.

Sonrió, con esa expresión de pillería que ya sabía identificar a la perfección. Negó con la cabeza, irónica, y analizó el mapa, buscando un destino desconocido.

—¿Has estado en Pijp? —Negué con la cabeza, orgulloso porque llevase la iniciativa esta vez—. Pues Pijp nos espera, ¿no? —rio.

—Nos vamos entendiendo.

La salida hacia la superficie nos situó directamente en una zona comercial y residencial. Se respiraba el bullicio de una ciudad cosmopolita, con peatones en todas direcciones, ciclistas y tranvías circulando, similar a Ámsterdam centro. Las calles eran largas, estrechas y estaban repletas de cafeterías y edificios bohemios.

—¿Me dejas buscar en internet? —Antes de preguntarlo, ya tenía el móvil encendido y el buscador a mano—. Quiero saber qué veo.

Reí, sin poder evitarlo, y continué observando mi alrededor hasta que ella dio las primeras indicaciones.

—Esto me suena. —Me mostró la pantalla: el mercado Albert Cuyp—. ¿Tienes hambre? Venden comida rápida.

—¿*Stroopwafels*? —propuse, adivinando cuál sería su respuesta.

—Siempre sí.

Un pasillo repleto de colores y aromas se extendía hasta el infinito, a los lados toldos rayados y cientos de puestos de comida, flores y todo tipo de cosas, y de fondo competía el murmullo de la multitud contra el pregón de cada vendedor. Un sábado por la mañana, el mercado estaba lleno de vida.

El dulce aroma de los gofres fue lo primero que llamó nuestra atención y enseguida esperamos a la cola. Lelie se mantuvo pendiente del puesto, admirando cómo untaban los barquillos con caramelo.

—Deja de mirarme así —espetó. Parpadeé varias veces seguidas, ella rio sin siquiera mirarme.

—No te estoy mirando.

—Mientes fatal. —Puso los ojos en blanco, con las mejillas hirviendo de forma muy descarada—. Entonces explícame por qué sonríes.

—Solo espero mi gofre.

—Claro. —Avanzamos un poco en la cola—. El gofre.

El resto de la mañana la dedicamos a visitar el barrio: el parque, las calles llenas de vida, ciclistas por todas partes, escaparates repletos de objetos que no necesitábamos pero nos deteníamos a observar y los edificios propios de la Escuela de Ámsterdam.

—Te vas a manchar —advertí, señalando su comisura.

—¿Dónde?

En cuanto acaricié su piel con el pulgar, el color que adquirió volvió a delatarla y solté una carcajada antes de llevarme esos restos de caramelo a la boca.

—Eso ha sido trampa.

—Es el caramelo —me defendí, dándole un bocado a mi comida. Elevé los hombros.

Contuvo la risa justo antes de golpearme en el costado. Continuamos el paseo: el parque, una de las zonas más transitadas, estaba tranquilo. Algunos leían, otros paseaban a sus perros, y nosotros nos sentamos en uno de los bancos, compartiendo el silencio.

—¿Quieres visitar la antigua destilería de Heineken? —Me mostró la pantalla, continuaba leyendo la guía—. No sabía que estaba aquí.

—No me gusta la cerveza. —Fruncí el ceño.

Lelie entrecerró los ojos en mi dirección.

—¿Hay algo que te guste?

Incliné la mirada en su dirección y alcé las cejas, con una sonrisa que no tardó en imitar.

—No voy a responder a eso.

—¿Por qué? —Me pinchó.

—Porque ya sabes la respuesta.

—Qué mono —murmuró. Lo hacía cada vez que se burlaba de mi vergüenza, con esa expresión tan suya, apretando los labios mientras sonreía.

En cuanto se acercó el mediodía, regresamos a la misma estación de metro por la que habíamos llegado, siguiendo nuestra intuición. Lelie, sin poder evitarlo, detalló con pelos y señales la ruta de vuelta a casa a través de su móvil y, sin tener que esperar demasiado, nos subimos en uno de los primeros que pasó. Muchos habían elegido también esta hora para regresar y nuestro lado de la vía estaba repleto de gente. Nos colocamos entre los primeros antes de que el metro abriese las puertas y buscamos un asiento.

—Pues solo quedan dos —murmuró, haciendo un repaso de las fotos que habíamos ido sacando a lo largo del día—. Me da un poco de pena, la verdad. Me estaba gustando todo esto.

—Pues yo creo que nos merecemos cerrar esta historia — La obligué a mirarme levantando su barbilla—, para poder empezar una propia.

Sonrió, demostrando tanta sinceridad en ese gesto que mi corazón se hizo un poco más grande.

—Tienes razón. —Se recostó sobre mí, dejando escapar el aire por entre sus labios.

CAPÍTULO 26

Almas de tulipán

Creo que fue por el miedo a no saber escribir en primera persona, a no ser capaces de asimilar lo que nos pertenecía, incluso después de tanto tiempo, y creo que fue por no saber si, poniendo un punto final a mi pasado, lo haríamos también en nuestro presente; pero ya había pasado más de una semana y ninguno de los dos había sido lo suficientemente valiente como para desdoblar ese papel, que llevaba días escondido en el primer cajón del mostrador de Bloemen.

La entendía. Entendía esa nostalgia que desprendía su mirada cada vez que yo entraba por esa puerta, y la sonrisa de quien no estaba segura de si algo cambiaría, ni de si quería que algo cambiase.

La entendía porque yo sentía lo mismo.

Después de casi tres meses, tres meses que se habían convertido en una vida entera si echaba la vista atrás, me daba cuenta de lo mucho que había cambiado mi vida. De que ahora no solo tenía un nuevo trabajo, sino que había encontrado una segunda familia.

Una familia que sonreía cada vez que sonaba la campana, que hablaba de flores durante horas y, no conforme con eso, las utilizaba para describirse a sí misma. Porque tenía aspecto de corazón sangrante, ojos de celestina, nombre de lirio y, sobre todo, alma de tulipán.

Como la mía.

Por eso encajábamos a la perfección.

Me recibió esa mañana de sábado con una torre de macetas sobre el mostrador, y no hizo falta que dijese nada porque sus ojos hablaban por ella. Tan solo asomó una sonrisa y me tendió los guantes, iguales a los suyos.

—¿Por cuál empezamos? —preguntó en voz baja tras regresar de la trastienda, con una caja llena de tallos repletos de raíces y alguna flor que comenzaba a arrugarse, falta de nutrientes.

—Los anturios —elegí, sacando el primero de ellos, que se doblaba con demasiada facilidad.

Con mucha calma, como si no quisiera terminar con esto nunca, Lelie rellenó de sustrato una de las macetas alargadas y, ayudándose con el puño, marcó tres agujeros. Después, me ayudó a colocar la primera planta, la segunda y la última, para terminar con un poco más de tierra por encima. El agua asomó por debajo nada más regarla y ambos observamos el reguero, sin atrevernos a decir nada.

—La verdad es que son muy bonitos —corté el silencio, consiguiendo que se fijara en mí. Acaricié una de las hojas, rojas, quizás con un poco de nostalgia.

Lelie asintió, soltando el aire contenido, y enseguida tomó otra maceta, esta vez individual. Me ofreció otra igual y fui imitando sus movimientos hasta que la amapola se mantuvo en pie.

—Esta por el paseo en bici —anuncié, colocándola en un lateral de la tienda, pero fuera de la venta. Ella soltó una pequeña risita, supongo que recordando aquel día, y colocó su flor justo al lado.

—Esta por el jardín botánico —Acarició un pétalo anaranjado, levantó la mirada hacia mí y la fijó en mi hombro—, y por la mariposa.

Y en medio de ese pequeño ritual, colocamos cada una de las amapolas restantes siguiendo una hilera imaginaria. Por la ópera, los dulces de chocolate y todos los recuerdos que habíamos compartido juntos, además de ser sueños cumplidos.

Sin embargo, me di cuenta en ese momento de que había plantado una amapola extra, la cual había dejado sobre el mostrador.

—¿Y esa por qué?

—Tengo algo para ti —anunció como respuesta.

Se había vuelto a recoger los mechones delanteros formando esa especie de halo alrededor de la cabeza y llevaba un chaleco con cuadros de colores, que combinaba de maravilla con el ramo que apartó a un lado de la mesa en ese momento. Se llevó las manos al bolsillo trasero de los vaqueros y apoyó frente a ambos lo que identifiqué como dos entradas.

—¿Qué es esto? —Cogí una de ellas, confuso, pues no había nada en la lista que las requiriese.

—Un regalo. —Levanté la mirada por encima del papel y me di cuenta de lo nerviosa que se había puesto—. Antes de que esto se acabe.

Con el ceño fruncido pero una incipiente curiosidad, leí con atención lo que indicaban los *tickets*:

—Parque *Keukenhof*.

Alcé las cejas al momento y volví a centrarme en ella: de sus ojos saltaban chiribitas de emoción.

—¿En serio? —Clavé la mirada en los papeles, otra vez.

—¿Has estado alguna vez? —Negué con la cabeza y su sonrisa se volvió inmensa—. Eso pensaba.

—Pero... ¿ahora? ¿ya? —La ilusión se llevó cualquier palabra de mi mente y solo pude decir eso.

—Creo que es la forma perfecta de cerrar esta historia y... —Se fijó en las entradas para esquivar mi mirada, dominada por la vergüenza— empezar la nuestra.

Estoy soñando AAAAAAA

24 de abril de 2026 - 22:31

Solo puedo decir gracias. Y es que todavía no asimilo todo lo que está pasando.
Sin quererlo, he creado mi propia familia. Una que ama las flores tanto como yo.
Las palabras tienen el poder de cambiarlo todo.
Y este blog me ha cambiado la vida.

CAPÍTULO 27

Donde nacen los tulipanes

Era el parque de flores más grande del mundo.

Era el parque de los tulipanes más grande del mundo.

Y el parque donde su sonrisa era la más grande del mundo.

En *Keukenhof* se cultivaban al menos siete millones de bulbos cada año, y millones eran los turistas que recibía en los únicos tres meses que permanecía abierto.

No eran solo flores, sino alfombras, ríos y olas de tulipanes, jacintos y narcisos que saturaban el campo de visión nada más cruzar las puertas. Era una explosión cromática que se complementaba instantáneamente con un aroma dulce, fresco y embriagador que impregnaba todo el ambiente.

Todo estaba pensado, medido, diseñado para que el color te golpease desde el primer momento. Caminos anchos, grava clara bajo los pies y macizos de flores que empezaban ya desde la puerta, sin tiempo para adaptarte.

Se sentía como caminar sobre un sueño.

Pero lo que más me impresionó de todo fue que, de nuevo, Lelie parecía conocerlo de memoria. Su rostro estaba dominado por ese brillo que tan solo aparecía en ocasiones como esta y, mientras entregaba las entradas, atendía a su alrededor con admiración.

—¿Sabes lo que más me gusta de este sitio? —Me agarró de la mano, como si temiera perderme entre tanta gente—. Que da igual cuántas veces venga, siempre es diferente.

La escuché con atención mientras me contaba todo lo que sabía sobre cada rincón del parque. Caminamos bajo un intenso sol de primavera que se reflejaba en cada pétalo, logrando que llamasen mucho más la atención. Al avanzar, el sendero se abría a los parterres tradicionales, esos que parecían sacados de un cuadro. Aquí los tulipanes estaban colocados en líneas limpias, casi geométricas y respetando el orden degradado de colores cálidos. Múltiples turistas buscaban la foto perfecta.

—¿Subimos al molino? —Señaló justo al frente, donde se encontraba una de las atracciones más aclamadas. El sonido del agua empezaba a colarse y pronto nos vimos reflejados sobre la superficie del lago central.

No respondí, tan solo la observé embelesado y me coloqué en la cola, sin separarme de ella. Ni siquiera nos importó cuánto debíamos esperar; ninguno tenía prisa, y eso era de lo que más valoraba cuando estábamos juntos.

—Gracias por venir conmigo, Jasper. —Me encontré con sus ojos en cuanto incliné la cabeza—. Me hace ilusión estar aquí contigo.

—Gracias por traerme. —Le di un beso en la frente y luego recorrí rápidamente mi alrededor—. Creo que es... el sitio perfecto. Ni siquiera parece real.

—Por eso es mi favorito.

En cuanto llegamos a la parte de arriba, aunque en medio de una espesa multitud, se vislumbraban incluso los campos abiertos del exterior del parque, a lo lejos, esos tan típicos de las postales holandesas.

—¿Sabes? —Me apoyé en la barandilla, con la mirada perdida en el horizonte, y ella me atendió—. Estoy seguro de que este también habría sido uno de los sueños de Liva.

No lo dije con tristeza, ni siquiera con nostalgia, sino orgulloso de poder cumplir eso por ella.

—Lo has conseguido, Jasper. —Su voz era un espejo de mis propios sentimientos.

—Lo *hemos* conseguido —puntualicé.

—¿Y ahora qué? —Siguió la dirección de mi mirada, admirando también aquellas hileras de colores que se extendían libre pero controladamente.

—Pues... podemos empezar de cero.

—¿De cero?

Asentí justo antes de colocarme de frente a ella y tenderle la mano. Ella la aceptó e hizo de nuevo ese gesto de apretar los labios en una diminuta sonrisa, arrugando la nariz.

—Soy Lelie, por cierto —repitió las palabras exactas que había utilizado aquel día—. Como los lirios, aunque seguro que ya no te sorprende.

—Jasper. —Hice lo mismo, pero la forma en la que mi mano se unió a la suya dejó de sentirse como un simple saludo, ahora nuestros dedos se habían entrelazado—. Como... no lo sé. Solo Jasper.

Reí.

—Como los tulipanes —completó y, aunque aquel día no había sido así, sentí que era la respuesta exacta—. ¿Has venido a por un tulipán?

Admiró todo su alrededor y volvió a mí, con una sonrisa inocente.

—He venido a memorizarlos contigo.

Nos mezclamos de nuevo entre la multitud; desde aquí abajo todo se percibía mucho más grande, como si el parque nunca llegase a su fin. Caminamos sin un rumbo fijo, atendiendo a nuestro alrededor, a cada pequeña flor, riachuelo, puente e incluso a las fotos familiares que estaban por todas partes. En mi pecho sentía algo diferente, algo especial que, al contrario que calmarme, me llenaba de energía, de vida, como si hubiera despertado después de mucho tiempo.

Visitamos las distintas zonas, interesándonos por la historia del tulipán y todas esas variantes de la especie que Lelie, por supuesto, ya conocía. El tulipán loro se presentó ante nosotros de un momento a otro y, en ese silencio que estaba cargado de palabras no dichas, pero que ambos sabíamos interpretar a la perfección, nos detuvimos a observarlo. Lo analizamos como si no lo hubiéramos hecho antes, como si cada una de esas pequeñas flores de apariencia tan inusual fuesen algo nuevo, algo de lo que podíamos aprender, ingenuos. El tulipán loro era Liva, pero también lo era yo, y Lelie. Era ese lazo que nos unía a los tres.

—Cuando era pequeña, mi madre me decía que cada tulipán que se cerraba guardaba un secreto —susurró, temiendo romper la armonía de la propia naturaleza. Se giró para mirarme y, a continuación, se sentó en el suelo muy despacio, atendiendo al enorme jardín—. De esos que no te atreves a contarle a nadie.

No dije nada, tan solo la escuché, absorta en sus propios recuerdos con una sonrisa nostálgica que le había salido sin querer.

—Y que si alguna vez se me escapaba... la flor se abriría, como si pudiera adivinarlo y entonces, dejaría de esconderlo también. —Jugueteó con un hierbajo, justo a su lado, y levantó la vista un instante hacia mí—. ¿Pero sabes qué? Yo siempre los contaba.

Asomó una sonrisa y yo reí, para nada sorprendido.

—Me gustan más cuando están abiertos —añadió, con la mirada perdida en los tulipanes—. Así puedo admirar su interior, mi parte favorita.

De nuevo, sus iris de cristal en mí, pero esta vez algo se removió en mi estómago. Tragué saliva mientras la observaba.

—También la mía.

Agujas

No todo lo malo lo es siempre.

Y lo bueno tampoco.

Y no todo lo que duele, duele siempre.

Igual que no todo lo que sangra lo hace eternamente.

A veces, puedo recordar algo horrible como algo bonito, feliz.

Y tiene sentido.

Porque lo has conseguido tú.

Por eso, hoy, aunque no hablo de flores, me apetece decírtelo. Quiero que lo sepas, que sepas que los días tristes se han vuelto menos tristes porque vienes a verme, y duermes a mi lado y te escondes si viene la enfermera para que no te eche, y yo me río. Me río incluso cuando creía que nunca más volvería a hacerlo. Me río contigo, que es más bonito que reír sola.

Tiene sentido porque, gracias a ti, recuerdo el peor día de mi vida de forma especial. Porque me obligué a olvidarme del dolor, de la sensación de esa primera aguja, la primera quimio, entrando en mi piel, y solo me acuerdo de tus palabras.

«No todas las agujas duelen».

«¿Qué?»

Sonreías, como si nuestra vida no acabase de cambiar por completo.

«Con una aguja se puede tejer algo bonito o... cerrar una herida y salvar una vida.»

Me esforcé porque no notaras mi pulso acelerado o todas las lágrimas que comenzaron a pesarme bajo los párpados, pero creo que lo hiciste igualmente, porque contigo nunca dejé de ser transparente. Siempre supiste leer mi interior.

«Lo malo es bueno si cambias de perspectiva».

Me quedé con esas tres palabras, las grabé en el fondo de mi corazón.

CAPÍTULO 28

Los chicos que regalan flores

Ámsterdam comenzaba a envolverse bajo un sol intenso, ese que rara vez cubría el cielo de la ciudad incluso entrado el mes de mayo. Las calles, por esa razón, yacían repletas de transeúntes. De un lado para el otro. Sin parar.

Las pequeñas flores silvestres crecían entre los adoquines, negros como el corazón de los pensamientos, esas florecillas tan curiosas de las que Lelie me había hablado.

La cristalera dejaba paso a la claridad y ella sonreía como tantas veces solía hacer. Inmóvil, con un moño que se había atado a toda prisa, el delantal de trabajo y mostrando los dientes blancos, comenzó a dar saltitos en cuanto me distinguió en la acera, desde su pequeño refugio.

Olía a naturaleza, a flores, a tierra húmeda y a ella. Olía a ella por todas partes.

Lelie era azaleas, reinas de la noche, aros gigantes, anturios, margaritas, hortensias, flores de loto, buganvillas, petunias, flores de chocolate, amapolas, baobabs... tulipanes; incluso corazones sangrantes, como ese mechón blanco que se deslizaba por su frente, las manchas en su piel y los ojos claros, como celestinas. Pero, sobre todo, era lirios, como el que llevaba entre mis dedos con los nervios a flor de piel —nunca mejor dicho—. Lo oculté tras mi espalda y avancé hacia ella, sintiendo mi corazón a punto de estallar. En ese momento, Lelie terminaba de cobrar a la señora Elin, que cargaba con su habitual ramo de freisas, y eso fue lo que la frenó a lanzarse sobre mí.

—Bienvenido a Bloemen —vaciló en cuanto quedé frente al mostrador y la anciana salió de la tienda, dando pasos muy cortos. La pillería asomó en su mirada, aunque se transformó en curiosidad nada más fijarse en el brazo a mi espalda. La mano libre que mantenía en el bolsillo de la sudadera cosquilleaba de expectación.

—Quería... —repetí lo mismo que aquel día, aunque esta vez fue diferente, porque no era un tulipán lo que tenía en mente— que cerraras los ojos.

—¿Qué? —Frunció el ceño—. ¿Por q...?

—No —la corté—. No acepto preguntas.

Su risa fue música para mis oídos. Deseaba guardarla en una caja y poder escucharla para siempre.

Lelie apretó los labios, dejándome claro que no diría nada más, y su impaciencia tomó el control de sus dedos, que repiqueteaban sobre el mostrador. Descubrí la flor y presencié su cambió de expresión en cuanto levantó los párpados: sus mejillas se tiñeron de rosa y sus iris se llenaron de ilusión.

—Un lirio rosa —anuncié, dejando que lo sujetase, y sonreí en cuanto se lo acercó a la nariz. Alternó la mirada entre los pétalos y yo un par de veces antes de separar los labios, pero la corté—: Y antes de que digas nada, he hecho los deberes.

—¿Qué? —soltó una risita.

—Que tengo una buena profesora —continué, ella inspeccionó la flor de nuevo—. El lirio rosa significa ternura, afecto, dulzura... admiración...

—¿Lo has buscado? —Sus pupilas se ensancharon frente a mí y las sentí recorrerme cada centímetro del rostro.

—Tenía que asegurarme de que elegía bien. —La mano en mi bolsillo comenzó a escocerme, pero me obligué a mantenerla oculta todavía y me aferré al puño de la sudadera con los dedos—. Es para siempre.

El ceño de Lelie se arrugó de nuevo, pero no dijo nada, tan solo admiró los pétalos con miedo a dañarlos y amplió su sonrisa. Mi respiración se volvió inestable mientras la observaba y tragué saliva, tratando de controlar mi propio corazón.

—Lelie, yo... —Apreté el puño en el bolsillo, otra vez, y con la mano derecha me deshice del sudor que comenzaba a aflorar por mis sienes. Ella me miró, con ese tipo de mirada que se te queda grabada para siempre, dejó la flor sobre la mesa y me atendió.

Mis nervios aumentaron.

—Tengo algo... para ti, o sea... —Me centré en el lirio, luego en ella— eso no, sino otra cosa. Bueno, técnicamente no es nada que..., quiero decir que no...

—Jasper —me cortó, soltando una suave risita.

Parpadeé un par de veces, volví a tragar saliva con dificultad y liberé mi mano del bolsillo, que todavía se aferraba a la manga. Se la tendí y ella, sin entender muy bien qué trataba de hacer, entrelazó sus dedos con los míos. El calor me llegó de golpe y los nervios empeoraron.

—No, o sea... —Sonreí. Me sentí tonto, pero me gustó porque ella sonreía—. No es para que... —Corté el contacto y ella frunció el ceño, aunque divertida.

—¿Qué? —rio.

—Levanta la manga —le pedí.

Lelie me obedeció, aunque muy despacio, y en cuanto sus dedos me rozaron sentí que el cosquilleo se multiplicaba.

El plástico transparente quedó a la vista y, bajo este, una gasa blanca que me cubría toda la muñeca.

Me soltó de inmediato, con miedo. Sus pupilas me analizaron con urgencia y entreabrió los labios, aunque volvió a cerrarlos.

—Despégalo —le pedí, después carraspeé.

—Jasper, ¿qué has...?

Le acerqué la muñeca y sus palabras murieron justo antes de volver a analizarla. Entonces, despegó el primer trozo de cinta y sentí cómo el calor acumulado desaparecía de golpe, aunque los latidos de mi corazón se multiplicaran.

—Acabo de decir que... que es para siempre. —Carraspeé, otra vez. Ella la despegó por completo—. Y hablaba en serio.

Sus ojos se llenaron de humedad en lo que me llevó pestañear. No levantó la cabeza, sino que se mantuvo con toda su atención en esa zona de mi muñeca aún irritada. Se me escapó una sutil risita nerviosa y eso consiguió que se fijara en mí. Se cubrió la boca con la mano y, en el mismo momento en el que una lágrima se escapaba de entre sus párpados, rodeó el mostrador y se lanzó hacia mí.

—Eso tiene que doler un montón —sollozó, aunque reía al mismo tiempo. Su mejilla, completamente pegada a mi pecho, se sacudió ante mi carcajada.

—No tanto —reí. Sus brazos me rodeaban el tronco y me apretaban con fuerza contra ella. Su olor estaba por todas partes, otra vez—. No todas las agujas duelen.

Levantó la cabeza y me miró, con los ojos brillantes de emoción y todavía húmedos, y le di un beso en la frente antes de que hablase.

—Es precioso, Jasper. —Apretó los labios en una sonrisa, como siempre hacía, con cierta vergüenza y rubor en la nariz, y sostuvo mi antebrazo con cuidado, admirándolo.

El tulipán de tinta se había convertido en un pequeño ramo al añadirle, justo al lado, la silueta de un lirio.

Finales, aunque no felices

29 de abril de 2026 - 23:59

No todos los finales son felices.
Pero, hace solo unos meses me di cuenta de que no pasa nada por prolongarlos.
Esperar y escribir el punto cuando sea necesario.
Las buenas decisiones también pueden llevar su tiempo; como la Orquídea Oro de Kinabalu, que puede tardar hasta quince años en mostrar sus primeros capullos.
Así que ya sabes: florece, aunque sea tarde.

CAPÍTULO 29

Nuestra historia

Volví a llamar a esa puerta, aunque con una sensación muy diferente, parecida a la que me había acompañado en el pasado. Esa mujer volvió a recibirme y sus abundantes rizos tan solo me hicieron sentir más seguro. Me aferré a la idea con fuerza, intentando ignorar el miedo.

—Marie... —No me dio tiempo a decir nada más, ella me estrujó entre sus brazos.

—Jasper, cariño —Me ahuecó las mejillas—, pasa.

Hice caso y llené el pecho en una profunda respiración, dejando que el aroma dulce que impregnaba toda la casa se volviera mío. Una enorme fuente de magdalenas reposaba sobre la mesa de la cocina y Marie Rozenberg no tardó en ofrecérmelas. Pensé en Lelie y en lo mucho que le gustarían.

—Quería darte las gracias —empecé. Sabía que ella había estado esperando mi regreso, después de todo. Se sentó a mi lado y agaché un instante la cabeza, con el rostro de Liva sonriendo en mi mente—. Ese cuaderno era... muy especial.

Marie sonrió con nostalgia y envolvió mis manos con las suyas.

—Gracias por guardarlo. —Sabía que había sido ella y su sonrisa tan solo me lo confirmó—. Era como un... diario —aclaré, suponiendo que no lo había leído.

Pareció sorprendida.

Entonces le conté lo que había estado pensando, y aunque sabía que no se negaría, el miedo no desapareció del todo. Mientras le planteaba mis ideas, recordaba cada una de las páginas, rellenas con la letra de Liva, unos días más perfeccionada que otros, pero supongo que eso resumía bien lo que había sido nuestra historia.

Recibir el «sí» de su madre fue lo que mi cuerpo necesitaba para descargar toda la tensión de golpe, y solo pude lanzarme a abrazarla.

—Eres un cielo —murmuró, acariciando mi mejilla de forma maternal. A continuación, cerró la puerta y salí del edificio a toda prisa.

CAPÍTULO 30

Pase lo que pase, sigue sonriendo

—Ha dicho que sí —anuncié, sonriendo desde la acera.

—Entonces... ¿estás seguro? —Lelie esperó a que me abrochara el cinturón y me atendió. Se acercó a mí hasta eliminar la distancia y percibir incluso los golpes del corazón en mi pecho.

—Creo que ella lo habría querido. —Ambos clavamos la mirada en la cubierta del cuaderno, que reposaba sobre la guantera.

—Entonces hazlo, Jasper. —Me obligó a mirarla. Sonreía. Sonreía y yo me olvidaba de todo. Solo podía sonreírle de vuelta—. Estaría muy orgullosa de ti. Y yo también.

Después de eso, se inclinó y juntó nuestros labios. Fue suave, pero el calor y la electricidad me recorrieron la columna al completo. Besar a Lelie era especial y me hacía sentir todavía más especial.

—¿Y si solo pongo «L.R»? —Dudé, visualizándolo en mi mente—. ¿Está bien?

Asintió, transmitiendo toda esa seguridad que a mí me faltaba. Volvió a besarme, ahora con más intensidad, y sonrió en mis labios.

—Creo que sería una buena dedicatoria.

—¿Qué? —Fruncí el ceño—. ¿Cuál?

—«Pase lo que pase, sigue sonriendo».

Me aferré al volante con ambas manos y, con sus últimas palabras flotando en el ambiente, pisé el acelerador. Atravesamos el centro de la ciudad, la zona industrial, los humedales... y el muro de ladrillos rojos que ya conocía de memoria nos vio bajar del coche. Una de mis manos se aferraba a Lelie. La otra sostenía el cuaderno.

Nota

Hola... Jasper, si estás leyendo esto significa que mi cuaderno ahora está en tus manos y yo... ya no estoy contigo. Aunque, en realidad, espero permanecer en tu memoria para siempre.

Son las dos y media de la madrugada y lo cierto es que últimamente me cuesta mucho conciliar el sueño. La culpa es de los demonios que despiertan en mis pensamientos cada vez que intento dormir, supongo que se alimentan de mi miedo —aunque intento evitarlo—. Tan solo quería escribir esto para darte las gracias: gracias por estar a mi lado pasara lo que pasara, por no soltar nunca mi mano y, sobre todo, por no dejar de sonreír.

En un principio, empecé a rellenar estas hojas sin saber muy bien adónde me llevarían, solo intentaba desahogarme en medio de esta pesadilla. Sin embargo, me he dado cuenta de que estas últimas semanas no habrían sido lo mismo, y la idea de que pudiera ser tuyo si algún día el maldito cáncer nos separaba, me daba un poco de esperanzas.

Me alegro mucho de haber encontrado ese blog, he aprendido taaantas cosas que creo que he cumplido eso de convertirme en cerebrito. Lo cierto es que el autor tiene el don de las letras y ha conseguido contagiarme su pasión por las flores. Espero que, aunque yo ya no pueda leerlas, nunca deje de compartir esas entradas diarias.

Yo me he quedado con trece, pero todas forman parte de mí. Trece, el número del ciclo lunar, la renovación y la transformación. Simboliza el fin de ciclo, como, sin remedio, me ha ocurrido a mí; y el inicio de uno nuevo, como espero que te suceda a ti en un futuro.

Te lo suplico, Jasper: no me olvides, pero tampoco te cierres.

Vive.

Vive por mí y por ti. Por los dos.

Descubre todo eso que yo nunca conoceré, aprende todo lo que a mí nunca me enseñarán.

Y ama incluso más de lo que me has amado a mí. O de lo que te amo yo a ti.

Espero que encuentres a una persona que haga vibrar tu corazón tanto como lo ha hecho el mío durante este año y medio, que te convierta en la persona más cursi del mundo y con la que nunca puedas dejar de sonreír. Y espero que, sea quien sea esa chica, sepa valorar la persona tan especial que eres, porque no he conocido a nadie con un corazón más grande que el tuyo. Encuéntrala y haz que le duelan las mejillas de tanto reír.

Porque una sonrisa puede salvar el mundo, nunca lo olvides.

Te amo con todo mi corazón, Jasper. Gracias por estar siempre que lo he necesitado, incluso por estar ahí también para mi madre, que te quiere como a un hijo. Dile que yo también la quiero mucho, que no esté triste... y dale las gracias por haberte entregado esto.

No te cierres, Jasper.

Vuelve a florecer, aunque sea tarde.

Te quiero.

Liva Rozenberg, la chica de las flores.

CAPÍTULO 31

La última página

El sol nos golpeaba de lleno en la cara, aunque una sensación agradable; se asemejaba a un abrazo en lo que acostumbraba a ser un entorno sombrío.

Hacía tiempo que no me acercaba; por eso, hacerlo de nuevo junto a Lelie fue especial. Ella había preparado otro tulipán loro, de esos que había aprendido a cultivar y que ya estaban en boca de muchos vecinos, y lo apoyó sobre la piedra con delicadeza.

Me senté en el suelo sin apartar la mirada del epitafio, pues cada vez que lo hacía me costaba asimilar cada una de las letras. Lelie se colocó a mi lado y con su mano me acarició el muslo, sonriendo como si Liva pudiera vernos. Sonriendo con el alma. Alma de tulipán.

—Quiero leer la última página... contigo, aquí —murmuré. Sus ojos me buscaron y pareció sorprendida—. La había reservado y... creo que es un buen momento.

Asintió, de acuerdo conmigo, y esperó paciente mientras yo acariciaba cada una de las hojas, hasta llegar a la que Liva había titulado simplemente «*Nota*». En lugar de leer, Lelie esperó a que yo lo hiciera, como si temiera romper mi propia intimidad; sin embargo, pronuncié cada palabra en alto, compartiéndolo con las dos.

A medida que avanzaba, todos mis recuerdos se entremezclaban y, por un momento, quise creer que de verdad Liva y Lelie habían podido compartir tiempo, aunque no fuese posible. Visualicé los rizos, pero también unos ojos azules, y sonrisas y manchas en la piel y el lunar en la espalda y la tez pálida y muchas, muchas, muchas risas. Imaginé que, por un momento, Liva y Lelie llegaban a ser amigas: salir, arreglarse juntas, comentar durante horas la misma película, emocionarse entre el pasar de las páginas y hacer todas esas cosas que hacían las mejores amigas, pero de una forma especial. Porque ambas eran especiales.

—«...*Encuéntrala y haz que le duelan las mejillas de tanto reír...*»

Me di cuenta, por el rabillo del ojo, de cómo se ensanchaba su sonrisa. Se pegó más a mí y yo me aferré más al cuaderno, con el corazón latiendo a mil por hora.

—«*No te cierres, Jasper*» —Apreté los labios. Ella percibió mi tensión repentina—. «*Vuelve a florecer, aunq...*»

Lelie cortó el contacto tan bruscamente que me vi obligado a detenerme.

Me fijé en ella.

Estaba tensa.

Tragó saliva y llegué a percibir el esfuerzo que le supuso.

—Aunque sea tarde —soltó.

Su voz temblaba tanto que me asustó.

Fruncí el ceño.

Dejó salir todo el aire más inestable de lo que lo había hecho nunca.

—Vuelve a florecer, aunque sea tarde —repitió. Su pecho se movía con mucha agitación—. Dime que no pone eso, Jasper.

Una lágrima corrió por su mejilla, de golpe. Se la secó, como si intentase evitar que me diera cuenta.

Mi pulso se aceleró y no entendí nada, entonces volví a fijarme en el cuaderno, aunque sin dejar de vigilarla de soslayo. Ahora Lelie mantenía la mirada clavada en el epitafio. Leí:

—«*Vuelve a florecer, aunque... sea tarde*».

El silencio fue tan denso y tan aplastante y tan sumamente pesado que no fui capaz de moverme.

Lelie rompió a llorar. De golpe. Como no la había oído nunca.

Su sollozo me partió por la mitad y solo pude observarla mientras intentaba encontrar los hilos de todo esto. Bajé la mirada a la libreta, luego la piedra y de nuevo Lelie. Enterró el rostro entre sus brazos y comenzó a hipar en silencio, sorbiendo por la nariz.

Apreté los labios, sintiendo un miedo irracional recorriéndome la columna.

En cuanto rodeé su espalda con el brazo, toda ella se tensó, se detuvo en seco, y yo lo hice también. Hasta que murmuró, sin atreverse todavía a levantar la cabeza.

—Son mis palabras, Jasper. —Sorbió otra vez y me enfrentó. Sus ojos hinchados y las pestañas húmedas destacando entre sus párpados. Volvió a hipar—. Todas lo son. Las azaleas, las margaritas, las buganvillas, los... tulipanes.

—¿Qué?

—Yo soy esa chica, Jasper.

—¿Qué chica?

—La chica del blog.

CAPÍTULO 32

Entre la vida y la muerte.

No la había salvado. Pero, al mismo tiempo, sí que lo había hecho.

Había sido ella.

Todo este tiempo.

El hilo rojo del destino

2 de mayo de 2026 - 00:03

Si algún día tengo hijos, les contaré esta historia.
Pero cambiaría el título; nada de hilos rojos: «El tulipán loro del destino»:

«Hace muchos años, en Japón, se decía que existía una bruja capaz de ver lo que nadie más podía: los hilos invisibles del destino que unían a las personas desde su nacimiento.

Tan pronto como el joven Emperador oyó hablar de la hechicera, ordenó que la llevaran al palacio. Quería conocer quién se encontraba al extremo del hilo atado a su meñique, quién estaba destinada a convertirse en su esposa.

La bruja, entonces, tomó el hilo rojo y comenzó a seguirlo.

Andando, andando, abandonó el palacio, dejó atrás la ciudad, recorrió caminos cubiertos de polvo hasta una pequeña aldea y entró en ella. Allí se celebraba un mercado, con humildes puestos de campesinos que ofrecían, con sus manos gastadas, lo poco que tenían.

En uno de esos puestos se encontraba una mujer muy delgada, con su bebé en los brazos. La bruja se acercó y, deteniéndose frente a ella, le pidió que se levantara. A continuación, se volvió hacia el Emperador y anunció:

—Aquí termina tu hilo.

El Emperador pensó que aquello no era más que una broma. Lleno de rabia, empujó el puesto. La mujer cayó al suelo y el bebé rodó de sus brazos, golpeándose la frente.

Pasaron los años.

Cuando el Emperador hubo de tomar esposa, le confió su elección a la Corte. Se decidió entonces que sería bueno para el Imperio que la elegida fuera la hija de un importante General.

El día de la boda, el Emperador estaba impaciente. De pronto, la novia entró en la estancia cubierta por un velo. Al levantarlo, el Emperador quedó paralizado.

En la frente de la joven había una cicatriz inconfundible.»

EPÍLOGO

No podía creerlo. Mirase adonde mirase, había gente por todas partes. La cola se extendía hasta dar la vuelta a la manzana y parecía ser el objeto de interés de los periodistas.

Las cámaras nos apuntaban y yo sonreía. Y Lelie también lo hacía, justo a mi lado.

Sostenía el libro en mis manos, cuya cubierta suave y de un tono verde oliva no podía dejar de acariciar. Sentía que Liva estaba ahí, en cada letra.

Lelie me acarició la pierna bajo la mesa y eso me hizo reaccionar, la miré por el rabillo del ojo y ella, ajena a las cámaras, se incorporó hasta darme un beso en la mejilla. Respiré hondo, con las mejillas sonrosadas, y esperé a que todos los asistentes se acomodaran en la espaciosa librería.

Entonces, llegaron las preguntas y sentí que había hecho lo correcto. Sentí que todo había merecido la pena. Sentí que había escrito el mejor punto final posible. Y sentí a Lelie a mi lado, orgullosa de mí.

—¿Por qué este título? —La mujer seleccionada se levantó, con su ejemplar abrazado contra el pecho. Ese simple gestó me llenó de calidez. Era más que un abrazo.

Tanto Lelie como yo agachamos la mirada hacia las letras doradas: «Memorias de un tulipán marchito».

Sonreímos, a la par.

—Porque... una vez, alguien me enseñó que las flores tienen alma. —Sentí la caricia bajo la mesa, de nuevo—. Y creo que eso resume muy bien esta historia.

Hubo silencio, aunque interrumpido por un par de *flashes* que nos apuntaban. Entretanto, me aseguré de que el libro destacaba en mis manos, que todo el mundo podía verlo bien.

—¿Qué significa «L.R»? —Una pareja del fondo, de esas que no había podido encontrar asiento, nos hizo llegar su duda sobre el pseudónimo. Mi corazón se estrujó y, ante mi mutismo, fue Lelie quien respondió.

—Es el... hilo de nuestra historia. —Me miró como solo ella sabía hacer, y a ojos de los cientos de asistentes, le pasé el brazo por los hombros y la abracé contra mí.

Justo en el fondo, en la última fila, distinguí a una mujer con una profunda melena rizada. Sonreía. Lo hacía de verdad, con el corazón. Sonreía y portaba el orgullo propio de una madre. Sonreía y, en esos ojos oscuros, como habían sido los de aquella chica, podía leer un enorme «Gracias». Sonreía y le mantuve la mirada, y vocalicé su nombre, en silencio. Sonreía y yo sonreí también.

Fin

AGRADECIMIENTOS

Soy ese tipo de lectora que nunca se salta los agradecimientos, así que, si tú también eres de las mías, te gustará leer esto:

Creo que lo más bonito de escribir es dejarse sorprender. Quizás las escritoras mapa no estén de acuerdo conmigo, pero yo, como brújula, no me escondo. Soy yo quien diseña los personajes: me invento sus vidas, su aspecto, sus gustos... pero son ellos quienes me enseñan a mí. Porque nunca sé exactamente cómo evolucionará cada uno, simplemente escribo lo que ellos mismos me piden, como si de verdad pudiera escucharlos. Abro el ordenador y, sin más, empiezo a teclear.

Hay días que no sale nada. Otros en los que apenas logro redactar un párrafo, y ni siquiera me gusta. Y otros en los que escribo seis mil palabras del tirón. Pero ahí está la clave: la constancia.

Con esta pareja ya son ocho personalidades de las que he aprendido mucho, ocho personas que ya se sienten reales para mí y cuatro parejas que guardo con todo mi cariño.

Porque, aunque esta es la segunda para vosotros, para mí ya son cuatro novelas, cuatro historias tan diferentes como especiales, y confío en que llegaréis a conocerlas todas.

Lelie y Jasper ahora son vuestros, y no os imagináis lo mucho que los he disfrutado. Nunca antes había conectado tanto con mis personajes como lo hice con ellos, y ese fue el motivo por el cual el primer borrador se escribió prácticamente solo, en dieciséis días. No hubo bloqueos, no hubo páginas en blanco. Tan solo ideas, motivación y unas ganas increíbles por poder compartir esta noticia con vosotros. Y mucha, mucha, mucha constancia.

Pero aquí está: mi segundo libro autopublicado.

Y esa fue la razón por la que no compartí nada del proceso, como había estado haciendo con mis otras novelas. Quería sorprender, tal y como me sorprendió a mí el proyecto.

Gracias. Gracias por estar ahí siempre, por hacerme llegar tanto cariño a través de una pantalla y por confiar ciegamente en mi trabajo. Gracias por ayudarme a cumplir mi sueño. Os quiero con todo mi corazón, sin vosotros y vosotras no estaría donde estoy ahora.

Gracias también a mis padres, que me apoyan infinitamente y están orgullosos de mí. A mi madre, en concreto, por envolver cada uno de los libros (no la obligo ehh, ella dice que le gusta y yo... fomento su creatividad; cada día perfecciona más la técnica, *jajaj*). También a mi abuela Pili, que le habla a todo el mundo de mis historias y, además, nunca ha dejado de sonreír. Gracias, en general, a mi familia, no solo por leer mis libros, sino por preguntar, interesarse y hacerme sentir que lo que hago importa.

Con quince años empecé a escribir, y sí, estaba muerta de miedo por hacer algo tan «diferente», pero que me llenaba como nunca antes. Ahora, a punto de cumplir dieciocho, las letras son parte de mí y he aprendido a sentirme orgullosa de ello. Espero, además, que hayáis sentido algún cambio en mi pluma, pues yo siento que, después de tres años, voy encontrando mi camino.

Gracias a mis amigos, porque son una pieza fundamental en mi vida. Gracias por ser familia, aunque no de sangre. A Nico, Antía y Tania: por hacer garabatos de personajes, intentar sonsacarme y chantajearme para que escriba un libro con cualquier chisme. Os quiero mucho y vuestro apoyo es de lo que más valoro.

Y gracias también a todas esas chicas que me ha regalado la escritura: Eva, Paola, Marta, Judith, Marina, Sandra, Beth, ... Y, sobre todo, a las Xeiriconas: Andrea y Lucía; os habéis vuelto imprescindibles en mi proceso de escritura, aunque me contagiéis vuestro estrés y critiquéis mis dotes como actriz. Me encanta hacerme la interesante y no contaros nada hasta, de repente, terminar un libro. Os amo. Solo espero poder vernos las caras algún día y, sobre todo, cumplir nuestro sueño. Porque confío en que, en un futuro, firmaremos nuestras novelas juntas.

Por último, gracias a Naian por darle vida a mis personajes con una cubierta tan bonita, por transmitir exactamente lo que tenía en mente y ponerle tanto cariño.

Os quiero.

Ya sabéis: nunca dejéis de sonreír.

CONOCE A LA AUTORA

Irene de la Fuente nació en la ciudad gallega de Vigo, el 4 de abril de 2008. Las artes la acompañan, en todas sus formas, desde que tiene uso de razón. A los ocho años empezó a cantar y eso, años más tarde, la inspiraría para escribir su primera novela, "Armadura de Clave". Actualmente ya ha escrito cuatro, siendo la última esta que acabas de terminar, y tiene claro que quiere dedicarse a esto toda la vida.

Está en redes sociales: @irenedlf_

Descubre mi otra novela, "Armadura de Clave", y sumérgete en el romance más musical entre Billie y Matt. Disponible en Amazon (Kindle y tapa blanda), Vinted (firmado) y puedes escribirme personalmente.

www.ingramcontent.com/pod-product-compliance
Lightning Source LLC
LaVergne TN
LVHW091031080826
845145LV00002B/450
9788409845446